AF140375

Magret Kindermann
Wiebke Tillenburg

Briefe aus dem Sturm

Anthologie

Die Deutsche Nationalbibliothek verzeichnet diese Publikation in der Deutschen Nationalbibliografie; detaillierte bibliografische Daten sind im Internet über http://dnb.dnb.de abrufbar.

TWENTYSIX – Der Selfpublishing-Verlag
Eine Kooperation zwischen der Verlagsgruppe Random House und BoD – Books on Demand

© 2018 von Magret Kindermann (Hrsg.) / Wiebke Tillenburg (Hrsg.)

Herstellung und Verlag:
BoD – Books on Demand, Norderstedt.
ISBN: 9783740746766

Lektorat: Michaela Stadelmann, Wiebke Tillenburg, Magret Kindermann
Illustrationen: Esther Wagner
Satz & Cover: Magret Kindermann

Vorwort

»Das Briefeschreiben ist für mich wie
das Hochwerfen von Omeletts.«
Virginia Woolf

Beim Schreiben eines Briefes zählt der geschickte Schnick im Handgelenk ebenso wie die Balance und der entscheidende Impuls im passenden Augenblick. Das Ergebnis ist entweder perfekt, klebt an der Decke, wo es auf ewig einen Fettfleck hinterlässt, oder landet zermatscht auf dem Fußboden. Kein Brief ist wie der andere, jeder ist auf seine eigene Art persönlich. Und nicht jeder erreicht sein Ziel.

Die ursprüngliche Idee, sich für eine Anthologie zusammenzutun, stammte von Nika Sachs, einer der Herausgeberinnen der *Sehnsuchtsfluchten*. Nun folgen wir als Autoren-Potpourri unter dem Namen *Nikas Erben*. Als Folgeprojekt servieren wir dir unterschiedliche Autorinnen und Autoren, die es verdient haben, gehört und vor allem gelesen zu werden. Ob bisher unveröffentlicht oder bereits in den Bestsellerlisten, Self-Publisher oder mit Verlagsvertrag und ohne Altersbeschränkung: Wir sind ein wilder Mix. Ziel ist es, eine Plattform zu bieten, in der wir uns gegenseitig unterstützen und voneinander lernen. Austausch ist uns ebenso viel wert wie die Veröffentlichung unserer Geschichten.

Dieses Buch, das wir vertrauensvoll in deine Hände legen, hat einen weiten Weg hinter sich. Jede Geschichte durchlief das gnadenlose Doppellektorat der Herausgeberinnen. Michaela Stadelmann schmeckte die Texte mit ihren gefürchteten Kommentaren ab. Dieses Vorgehen war umständlich, arbeitsreich und teilweise anstrengend, doch es hat sich gelohnt! Die Autorinnen und Autoren gingen aus diesem Prozess mit dem Gefühl hervor, über sich hinausgewachsen zu sein.

Die Titel der Geschichten sind in den Handschriften der Verfasserinnen und Verfasser geschrieben. So kannst du wie bei einem echten Brief das Schriftbild zur Geschichte erleben, es sogar analysieren oder dich über die unleserliche Krakelei ärgern. Es gibt eine Ausnahme, denn für Nicole Neubauers *Das Haus der verlorenen Zeit* stand ihre elfjährige Tochter mit Schreibschriftkompetenz zur Seite. Drei Geschichten beinhalten originale Briefe oder Auszüge daraus: *Meine Wahrheit* von Kia Kahawa, *Am Ende* von Jessica Iser und *Das Sonnenzimmer* von Magret Kindermann.

In den folgenden Geschichten wirst du viele Briefmahlzeiten finden und letztlich selbst entscheiden müssen, welche dir am besten schmeckt. Genieße die Briefe! Wir freuen uns jederzeit über eine Antwort. Guten Appetit!

Wiebke Tillenburg
Magret Kindermann
Mai 2018

Alles beginnt mit
einem leeren Blatt.

Nicole Neubauer

Das Haus der verlorenen Zeit

Es ist das letzte Haus am Ende der Straße. Ich bin nicht
mehr oft im Freien und staune jedes Mal, wie wenig es
sich verändert hat. Der Wald hat es rundherum in Besitz
genommen, kein anderes Gebäude ist zu sehen. Nur
graue Winterbäume und die Straße, die ohne Ortsschild
in den Wald verschwindet. Dahinter kommt sehr lange
nichts, kein Auto fährt vorbei.

Geduldig warte ich, während die Frau mit der Foto-
tasche sich am Haustürschloss abmüht. Sie arbeitet kon-
zentriert, ohne am grauen Putz hochzuschauen. Vorher
hat sie ein paar Fotos vom Anwesen gemacht, aber es
bald wegen des Lichtes aufgegeben. Hier am Anfang des
Waldes herrscht ewige Dämmerung. Das Toilettenfenster
neben der Haustür ist dunkel und lässt einen vergilbten
Vorhang erahnen. Nur ein Fenster an der Seite ist erleuchtet und wirft orangefarbenes Licht auf das Dickicht
des Gartens. Niemand hat je die Lampe ausgeknipst und
die Glühbirne will einfach nicht den Geist aufgeben. Die
Frau, die mit Spanner und Pick im Schloss hantiert, hat
sich als Greta vorgestellt. Ihre Fotoausrüstung hat sie
zwischen die Füße gestellt, in einer Sporttasche trägt sie
Werkzeug mit sich. Ihr Begleiter Sam, ein dürrer Junge
im Parka, hat nur ein Fotohandy bei sich. Zur tiefen Verachtung von Greta. Soweit ich es mitbekommen habe,

hat sie Sam in einem Urbex-Forum kennengelernt, er ist Anfänger, der eine erfahrene Begleiterin für eine Tour gesucht hat. Ich glaube, Greta bereut es schon, ihn dabei zu haben. Ich habe die beiden nie zuvor gesehen.

Sam geht einmal ums Haus und kommt durch das mannshohe Gras zurück, seine Stoffturnschuhe haben nasse Flecken. Das Wohnhaus ist länger, als es von vorne aussieht, es schiebt sich wie ein Riegel in den Wald hinein.

»Hinten ist ein Fenster eingeschlagen«, sagt er. »Wenn wir ein bisschen Glas rausbrechen ...«

»Wir zerstören nichts«, sagt Greta mit einem Pick zwischen den Zähnen. »Wir machen nichts kaputt, wir verändern nichts. Wir machen nur Fotos.«

So viel habe ich in der Zeit gelernt, die ich mit verschiedenen Urbexern verbracht habe: Sie haben einen Ehrenkodex. Sie sind keine Vandalen, nähern sich ihren Stätten mit Respekt. Lost Places. Verloren gegangene Orte.

Greta wechselt den Pick, tastet, lauscht, dann klickt das Schloss und die Haustür geht auf.

Abgestandene Luft schlägt uns entgegen, wie aus einem Speicher, in dem man lange nicht gelüftet hat. Man riecht, dass hier ein alter Mensch gelebt hat, die Verbrauchtheit und den Verfall. Ich folge den beiden ins Haus. Ein Luftzug schlägt die Tür zu und taucht uns in Dunkelheit. Sam bleibt stehen, seine Schultern spannen sich, als durchlaufe ihn ein Frösteln. »Das muss vom offenen Fenster kommen«, sagt er wie zu sich selbst. Der Singsang eines Kindes im Wald. »Bestimmt vom Fenster.«

»Das Licht ist hinüber«, sagt Greta mit einem Blick auf Sam. »Wir sind viel zu spät dran. Wenn ich nicht auf dich hätte warten müssen ...« Sie öffnet die Tür zum Wohnzimmer. »Verdammt«, sagt sie. »Wir können auch gleich wieder gehen.«

Nein, denke ich. Bitte bleibt. Ich brauche euch hier.

Das letzte fahle Tageslicht macht die ganze Verwüstung im Raum sichtbar. Die Schrankwand aus Eichenholz ist mit Graffiti beschmiert, der Röhrenfernseher eingeschlagen, Bierdosen und Pizzakartons liegen auf dem Tisch. Die Wände sind fleckig und riechen nach Urin.

»Solche Idioten«, sagt Sam.

Greta wirft ihm einen Blick aus schmalen Augen zu, als wolle sie abschätzen, ob er einer von ihnen ist. »Das Wohnzimmer können wir schon mal vergessen.« Sie läuft mit ihren Stahlkappenstiefeln über die knirschenden Scherben voraus. Ohne sich umzudrehen, sie braucht uns nicht. Zielsicher geht sie Richtung Küche. Innerlich triumphiere ich. Vielleicht kann ich auf die Neugier einer Frau wie Greta zählen, endlich, nach all den Jahren.

Die Vandalen haben die Küche in Ruhe gelassen. Eine Tasse mit Rändern von eingetrocknetem Bohnenkaffee steht auf dem Tisch, daneben ein Teller mit dem mumifizierten Rest von einem Stück Gebäck. Die Rollläden sind halb heruntergezogen, Greta zieht sie hoch, doch es wird nicht viel heller. Es dämmert draußen, als drehe jemand am Himmel einen Regler herunter, rasch und unbarmherzig.

Der Briefumschlag liegt immer noch unberührt auf dem Tisch.

Sam lässt das Licht des Handys darauf ruhen. Ich schaue ihm über die Schulter.

»Handgeschrieben.« Er hebt ihn hoch und studiert die Namen auf dem Luftpostumschlag. In steilen, dünnen Buchstaben von jemandem, der Sütterlinschrift gewohnt war. »Wer schreibt denn heute noch Briefe?«

Lies ihn, denke ich mit all meiner Kraft. Ich bin nur Zentimeter von seinem Kopf entfernt. Könnte ich nur hineinkriechen. *Mach den Umschlag auf.*

Ich kann mich nicht zu erkennen geben. Noch nicht. Noch muss ich auf die Neugier der Besucher zählen.

»Lass das«, sagt Greta.

»Ich schau doch nur.«

Sam macht ein Foto davon. Wenn ihn der Brief so interessiert, warum reißt er den Umschlag nicht einfach auf? *Lies den Brief*, flehe ich ihn in Gedanken an. Doch Sam schaudert nur, als friere er.

Das Kuvert bleibt mit dem Empfänger nach oben liegen.

Es ist mein eigener Name.

Sam wendet es und betrachtet es von jeder Seite, hat schon seinen Fingernagel an der Ecke des Umschlags.

»Lass ihn liegen. Der gehört uns nicht«, sagt Greta. Ihr Ton bewirkt, dass Sam den Brief loslässt, als wäre er heiß.

»Willst du so sein wie die?«, fragt Greta und zeigt in Richtung des Wohnzimmers.

Sie lässt Sam in der halbdunklen Küche stehen. Auch er will sich abwenden, doch ein Luftzug wirft den Brief auf den Boden. Mit einem Seitenblick in Gretas Richtung bückt Sam sich und lässt den Umschlag in der Jackentasche verschwinden. So war das nicht geplant. Wenn er den Brief jetzt mitnimmt, werde ich ihn nie wiedersehen. Und nie erfahren, was darin steht. Vergebung oder Verdammnis. Hätte ich doch damals nicht gezögert.

Eines Tages bleibt der Laden im Erdgeschoss geschlossen. Das Schaufenster hinter dem Schild Schuhmachermeister & Einlagen Schwartz ist dunkel und in der Tür hängt der handgeschriebene Zettel »Komme gleich wieder«, der außerhalb der Öffnungszeiten immer dort hängt. Die junge Frau klemmt sich die Handtasche unter den Arm, schirmt die Augen mit den Händen ab und späht durch die Glastür. Im Schirmständer stehen ein paar vergessene Regenschirme, hinter der Registrierkasse hängen ordentlich die Schuhe an den Haken. Durch die Tür dringt der scharfe, gegerbte Duft des Leders. Sie steigt ein Stockwerk hoch und klingelt an der Tür mit den goldenen Buchstaben »Schwartz«, aber niemand macht auf. Als sie mit dem frischen Hefegebäck in die Wohnung der Eltern kommt, verliert sie kein Wort über die Familie Schwartz. Niemand redet davon, wenn nachts die Polizei im Haus war, als wäre es dann nur ein böser Traum, der Realität wird, so-

bald man ihn ausspricht. In letzter Zeit war mehrmals die Polizei im Haus; die geben sich nicht einmal Mühe, leise zu sein. Und jetzt sind die Schustersleute fort. Eva kaut an einem Stück Osterfladen, sie bekommt nichts hinunter, sie kann nur an eines denken. Was ist mit Luis? Luis Schwartz ist mit ihr im Mietshaus aufgewachsen, sie sind zusammen zur Schule gelaufen mit dem Tornister auf dem Rücken, Hand in Hand. Als sie älter wurden, haben sie aufgehört, einander an den Händen zu halten. Aber ohne es auszusprechen, war ihnen klar, dass sie untrennbar sind.

Mit den Eltern kann sie nicht über Luis reden. Sie solle nicht immer mit ihm herumziehen, hat die Mutter erst neulich gesagt. Das sei eine fremde Kultur, hat sich der Vater eingemischt, die seien fahrendes Volk seit Generationen, das Stehlen und Betrügen sei bei denen im Blut, das bekäme man nicht einfach heraus. Verrottetes Blut. Nicht doch, hat die Mutter gesagt, die immer ihre Schuhe zum alten Schwartz bringt. Jemand, der seit vierzig Jahren einen Handwerksbetrieb habe, gehöre ja nicht gerade zum fahrenden Volk. Der Vater hat gesagt: »Meine Tochter geht nicht mit Juden.« Man fühle sich ja nicht mehr zuhause im eigenen Land und die seien schuld, dass alles den Bach hinuntergegangen sei. Wie immer haben sie schnell das Thema gewechselt, wenn er in dieser Stimmung war.

Sie und Luis haben sich trotzdem getroffen, auf dem Nachhauseweg oder am Wochenende oder beim Tanz in den Kellern, wenn sie wieder mal Verdunkelung angeordnet haben. Dort unten ist Jazz gespielt worden, Negermusik, wie der Vater gesagt hätte. Sie spürt noch seine Hand in der Taille vom letzten Tanz, bevor der Alarm aufgehoben wurde. Das letzte Mal, als sie ihn gesehen hat.

Es soll Tage dauern, bevor sie etwas von Luis erfährt.

Greta trampelt durch das Haus, als gehöre es ihr. »Im Erdgeschoss muss es doch noch mehr Zimmer geben.« Sie klingt zunehmend genervt. »Der Kasten ist doch riesig.« Sie rüttelt an einer Tür, sie ist fest verschlossen. Zugesperrt. Durch das Schlüsselloch scheint orangefarbenes Licht.

»Mach es doch mit dem Werkzeug auf«, schlägt Sam vor.

Greta bückt sich zum Schlüsselloch hinunter und schaut hindurch. »Können wir vergessen. Da steckt ein Schlüssel von innen.«

»Dann lass uns halt in den ersten Stock schauen.«

»Ich weiß nicht. Glaubst du, die Treppe ist sicher?«

»So alt ist das Haus noch nicht.«

»Hier war schon lang kein Statiker mehr drin.«

»Hast du etwa Angst?«, fragt Sam.

Greta schnaubt und steigt die Treppe hoch. Die Dielen knarzen unter ihren Stiefeln. Sam folgt ihr, ich bleibe dicht bei ihm, darf ihn und meinen Brief nicht aus den Augen lassen. Immer wieder dreht Sam sich nervös zu mir um.

Oben waren die Vandalen noch nicht. Hier riecht es nicht nach Urin, nur nach toter Luft und schlafenden Zimmern, und alle Türen sind geschlossen.

Greta öffnet die Tür zum Arbeitszimmer, ihre Schritte lassen die Gläser in einer Vitrine vibrieren. Auf dem Schreibtisch liegt Papier, gelb an den Rändern, ein Stapel

Rechnungen wird nie mehr bezahlt werden. Die Bücher in den Regalen neigen sich zur Seite, als schliefen sie und warteten nur darauf, wachgerüttelt zu werden. Eine altmodische elektrische Schreibmaschine nimmt den größten Teil der Arbeitsplatte ein, Staub liegt auf den Buchstaben. Im gepolsterten Stuhl hat sich eine Vertiefung eingegraben. Sam schaltet die Schreibtischlampe ein und die Birne verabschiedet sich mit einer klirrenden Explosion. Er öffnet eine Schreibtischschublade, der scharfe Lösungsmittelgeruch von Matrizen dringt heraus.

»Lass das«, sagt Greta. »Nicht herumwühlen. Wir haben einen Ruf zu verlieren. Wir sind darauf angewiesen, dass uns die Eigentümer in die Anwesen hineinlassen.«

»So wie das hier? In das wir eingebrochen sind?«

»Ich konnte keinen Eigentümer ermitteln.«

»Und deswegen hast du professionelles Werkzeug zum Schlösserknacken dabei?«

Bevor Sam die Schublade zuschlägt, nimmt er sich einen kleinen goldenen Briefbeschwerer und steckt ihn in die Jackentasche. Ich höre darin das Papier des Luftpostkuverts rascheln.

Die Nachricht von Luis ist nur ein kleiner linierter Zettel, hastig mit Füllfederhalter bekritzelt, den sie vor dem Briefschlitz aufsammelt, gerade noch rechtzeitig, bevor die Eltern ihn sehen. Sie weiß, von wem er ist, schon als sie die Knicke herausstreicht. Die krakelige Kinderschrift von Luis können nur wenige lesen. Im Bad dreht sie den Schlüssel herum, setzt sich auf den Toilettendeckel und liest.

»Ich brauche deine Hilfe«, so beginnt der Zettel. Sie liest ihn bis zum Ende, schließt die Augen und die Wörter tanzen in ihrem Kopf. Untertauchen, Grenze, Einreise, Schiff, Pässe, Geld, immer wieder Geld. Und immer wieder: wir. Und die Worte des Vaters ätzen sich in ihre Gedanken wie Gift.

Die sind nur an Geld interessiert.

Die nehmen dich aus, wo sie können.

Das ist bei denen in der Natur.

Sie versucht, sich dagegen zu wehren, aber wie soll man sich gegen ein Gift schützen, das täglich in kleinen Dosen in ihre Gedanken träufelt?

»Wir könnten dort heiraten«, schreibt Luis. »Sie werden sich nicht trauen, mir etwas zu tun, wenn wir verheiratet sind.«

Die Buchstaben von Luis neigen sich zur Seite, als seien sie auf der Flucht.

»Sie haben meine Eltern abgeholt und ich weiß nicht, wo sie sind. Was können wir tun? Was passiert hier?«

Leise öffnet sie die Badezimmertür. Der Duft von Kaffee zieht durch den Flur, die Nähmaschine rattert. Durch die offene Tür sieht sie die Mutter am Nähtisch, eine Tasse Bohnenkaffee neben sich. Wie oft hat sie schon die Tasse über ihre Stoffe umgeworfen und sich geärgert. »Katastrophe«, ruft sie dann immer. »Katastrophe!« Stoffe sind so teuer geworden in den Kriegstagen.

Sie nutzt den Lärm der Nähmaschine, um die Handtasche der Mutter zu öffnen und das Portemonnaie zu durchwühlen. In einem Fach steckt ein Packen Scheine, sie nimmt ihn heraus, ohne das Geld zu zählen. Das Schloss der Tasche schnappt geräuschvoll zu, aber die Mutter dreht sich nicht um. Auch nicht, als sie sich mög-

lichst leise die Schuhe anzieht und ihren Mantel über den Arm hängt. Erst als die wuchtige Wohnungstür hinter ihr ins Schloss fällt, hört sie leise ihren Namen von drinnen, aber da läuft sie schon die Stiegen hinunter. Raus aus dem Haus, an der dunklen Ladentür der Schwartzens vorbei und zur Tram, die gerade um die Ecke rattert.

Greta schließt eine kleine Baustellenlampe an die Steckdose an, der Strom funktioniert auch nach der langen Zeit noch. Jemand hat vergessen, ihn abzustellen, auch als die Rechnungen an die Stadtwerke nicht mehr bezahlt wurden. Jeder hat das Haus vergessen. Das Scheinwerferlicht erweckt die Ecke mit dem Mahagonischreibtisch und dem Bücherregal zum Leben. Ich habe sie immer gemocht.

Sam lässt Greta allein und geht ins Nebenzimmer, ich folge ihm. Die Tür öffnet sich zu einem kleinen Salon mit vergilbten Stores, die bis zum Boden reichen und den Raum in ewige Müdigkeit versetzen. Der Samt auf den Armlehnen der Sessel ist abgewetzt. Die Tapete ist unversehrt, Seide und Blumen und Reiher. Hier knackt der Boden lauter als im Arbeitszimmer, er hängt in der Mitte durch wie eine Wanne. Die Dielen sind mit einem Perserteppich bedeckt, ausgeblichen, wo das Licht vom Fenster ihn erreicht hat. Der einzige Schmuck im Zimmer ist eine kleine gerahmte Fotografie an der Wand von einem jungen Mann mit dichtem schwarzen Haar. Sam beachtet sie nicht, er zieht eine Schublade nach der ande-

ren auf und lässt Dinge in den Taschen seiner Daunen-
jacke verschwinden. Mein Herz sinkt. Er wird meinen
Brief mitnehmen, zusammen mit den anderen Schätzen.

Er greift nach dem Foto.

Finger weg, denke ich und bündle all meine geschwun-
dene Kraft zu unsäglicher Wut. Der Nagel bröckelt aus
der Wand und das Bild fällt zu Boden, das Glas zersplittert.

Sam zischt einen Fluch durch die Zähne und weicht
zwei Schritte zurück. Unter seinen Füßen knackt es.
Nicht das normale Knarzen einer Diele. Es ist das Geräusch von splitterndem Holz, das Knirschen von Kies,
das Platzen von Putz. Der Boden unter ihm gibt nach,
die Ränder des Perserteppichs ziehen sich zur Mitte zusammen, Sam versinkt wie im Treibsand, sein Gesicht
nimmt einen unglaublich blöden Ausdruck an. Er versucht, sich festzuhalten, doch greift nur nach Stoff. Für
einen Augenblick bleiben er und der Teppich im Loch
stecken, es knackt noch einmal und er fällt. Ein dumpfer
Aufprall, dann dringt Stöhnen aus dem Loch.

»Greta!« Seine Stimme klingt gedämpft, wie durch
drei Schichten Perserteppich. »Greta! Hilfe! Der Boden
ist durchgebrochen!«

Greta kommt angelaufen und macht eine Vollbrem-
sung in der Tür, als sie das Loch sieht. Aus der Öffnung
im Boden scheint das gelbliche Licht der Glühbirne.

»Hast du dich verletzt?«

»Geht schon.« Sams Stimme klingt gepresst. »Nichts

gebrochen. Der Teppich hat einiges abgefangen.«

Greta verdreht die Augen. »Ich komm runter«, sagt sie im Ton einer Mutter, die in der Küche eine Bescherung aufwischen soll.

»Warte ...«, sagt Sam, seine Stimme klingt verändert, bringt sie dazu, in der Bewegung einzufrieren. »Greta, da ist ... da ist ... Ich will hier sofort raus!«

Luis wartet an der vereinbarten Straßenecke. Nervös schaut er auf die Uhr, geht hin und her, dreht sich in ihre Richtung, sodass sie sich tiefer in den Schutz der Baumgruppe zurückzieht. Er trägt eine dunkle Brille, die Haare hat er kurz geschnitten und an den Seiten rasiert, wie es bei den deutschen Jungen in Mode ist. Trotzdem zieht er die Blicke auf sich, die Leute machen einen Bogen um ihn, als würden sie seine Angst riechen.

Sie könnte hingehen und ihm die Hand hinstrecken, um die Kluft zu überbrücken, die zwischen ihm und der Welt liegt. Doch ein Motorengeräusch lässt sie verharren. Ein Wagen der Schutzpolizei fährt langsam an ihm vorbei, hält kurz an, als wolle die Besatzung abschätzen, ob sich eine Kontrolle lohne, und rollt weiter. Luis hat nicht hingeschaut, die Muskeln an seinem Nacken sind starr und seine Haltung verrät nackte Panik.

Wenn sie jetzt mit ihm geht, wird sie nichts bei sich haben. Ihre Handtasche, ein Paar flacher Schuhe, einen Sommermantel, das Kleid, das sie am Leib trägt. Das Grüne mit den vielen Falten in der Taille, das ihre Mutter in diesem Frühjahr genäht hat. Es ist viel zu auffällig. Luis und sie müssten mit falschen Pässen reisen. Was ist, wenn die Grenzpolizei sie herauszieht? Was passiert

dann mit ihnen? Zum ersten Mal spürt sie die Bedrohung körper-
lich. Die nächtliche Polizei, der schwarze Wagen. Wo sind die El-
tern von Luis wirklich? Gibt es sie, die Züge, die voller Menschen
losfahren und leer zurückkommen, wie ihr ehemaliger Lehrer es
behauptet hat? Es fühlt sich nicht mehr an wie ein Abenteuer, auf
das sie sich einlässt, nur noch wie ein Sprung in ein schwarzes
Loch. Das Geld der Mutter wiegt schwer in ihrer Tasche.

Es sind Diebe, seit Generationen.

Das bekommt man bei denen nicht raus.

Verrottetes Blut.

Sie wendet sich ab und rennt davon, ihr Rock schwingt mit der
Bewegung. Sie bildet sich ein, dass Luis das im Augenwinkel gese-
hen hat, meint, seinen Blick in ihrem Rücken zu spüren, doch ein
zweites Mal an diesem Tag dreht sie sich nicht um und Tränen
laufen über ihr Gesicht.

Ich stehe dicht hinter Sam, sodass ich ihm ins Ohr flüstern könnte. Ein Zittern durchläuft ihn. Der Schlafzim-
merspiegel ist alt und blind von Hunderten schwarzer
Flecken, doch ich kann uns beide darin sehen. Den dür-
ren Jungen in der viel zu großen Jacke und die Frau in
dem grünen Sommerkleid, das in der Taille in so viele
Falten gelegt ist. Es ist ein Kleid für ein junges Mädchen,
doch ihr Gesicht im Spiegel ist das einer bösen Alten mit
Nussknackermund. Sam schaut hoch und trifft seinen
Blick im Spiegel und ich weiß, dass er nur sich selbst
sieht.

Nach dem Krieg haben sie Bilder von den Lagern gezeigt, von den Toten, den goldenen Ringen, den Kinderschuhen. Sie hat es nicht geglaubt. Das sind Fälschungen, hat sie gesagt, immer sturer, immer bissiger, bis ihr Mund eine dünne schmale Linie geworden ist, noch vor ihrem dreißigsten Lebensjahr.

Sie hat nichts mehr von ihm gehört, bis der Brief gekommen ist. In einem Luftpostumschlag mit blaurotem Rand. Noch nie hat sie einen Luftpostbrief bekommen. Sofort weiß sie, von wem er sein muss. Von einem Toten. Sie hat sich immer geweigert, über Luis nachzudenken, aber etwas in ihr ist sicher gewesen, dass er tot ist.

Louis Schwartz

Wayne, NJ 07477

Eine Adresse in New Jersey, USA. Luis hat es doch nach drüben geschafft, ohne sie, ohne ihr Geld, ohne das wir. Kurz flackert Genugtuung auf. Dann hat sie doch alles richtig gemacht? Doch ihre Erinnerung blättert die Bilder auf. Luis einsam an der Straßenecke, das langsam fahrende Auto, ihr Verrat, und auf einmal hat sie Angst, den Brief zu öffnen.

Warum schreibt er ihr? Und warum erst jetzt? Nach den vielen verlorenen Jahren? Will er ihr vergeben? Oder enthält der Umschlag die endgültige Verdammnis?

Ihr Herz klopft unregelmäßig. Es war noch nie ein gutes Herz gewesen, seit Jahren muss sie diese Tabletten nehmen, die sie müde und fahrig machen. Für den Brief muss sie Mut sammeln. Sie macht sich eine Tasse Kaffee, obwohl er sie abends sonst zu sehr aufregt. Aber jetzt braucht sie die Stärkung.

Und wenn sie den Brief erst morgen liest? Das ist eine gute Idee. Im Morgenlicht geht alles leichter, auch das Aufreißen des

Umschlags. Ein neuer Tag mit neuer Kraft. Sie legt den Umschlag auf den Tisch, wo sie ihn morgen finden wird, und trinkt den Kaffee mit kleinen Schlucken. Zum Abräumen des Tisches fehlt ihr die Kraft, der Brief bringt alles durcheinander. Morgen, morgen ist ein neuer Tag, morgen wird sie erfahren, ob sie Vergebung findet.

Sie zieht das Nachthemd über und flicht ihre Haare zu einem Nachtzopf. Ihr Gesicht schaut ihr vom Spiegel am Schlafzimmerschrank entgegen. Die Lippen sind dünn, scharfe Falten ziehen sich von den Mundwinkeln hinunter. Das Herz schlägt viel zu schnell mit schmerzhaften Aussetzern. Zum Einschlafen lässt sie das Licht an, wie immer; der Wald ist schon viel zu nah an ihr Haus gerückt und die Stimmen aus der Vergangenheit flüstern in den Wänden. Ihr Herz rast, das Blut tobt durch ihre Adern. Verrottetes Blut.

Sam rennt zur Tür und rüttelt an der Klinke, versucht, den Schlüssel zu drehen, aber der hat sich in all den Jahren festgefressen und bewegt sich keinen Millimeter.

»Greta! Jetzt beeil dich! Mach irgendwie, dass die Tür aufgeht, da liegt eine verdammte Tote im Bett!«

Ein letztes Mal schlägt er kraftlos gegen die Tür.

Von draußen kommen Schritte, Greta ruft etwas.

Sam schaut sich nach meinem toten Körper um. Es gibt nichts Bedrohliches am Anblick der Leiche. Die Haut hat sich straff über die Knochen gelegt und in die Augenhöhlen gezogen, der Mund ist zu einem Loch geöffnet, die grauen Haare sind streng nach hinten zum Zopf gekämmt. Eine perfekte Mumie. Emotionen flackern durch das Gesicht des Jungen: Schock, Ekel, Angst, und dann der Anflug von Gier, den ich an ihm schon im Lesezimmer gesehen habe, wo er in den Schränken gewühlt hat. Von draußen klappert Werkzeug im Schloss. Mit wenigen Schritten ist Sam an meinem Nachttisch, zieht die Nachttischschublade auf und lässt eine Halskette, eine Armbanduhr, ein paar Ohrringe in seinen Taschen verschwinden. In die Ohrringe sind kleine Smaragde eingelassen. Sie haben immer so gut zu dem grünen Kleid gepasst, das ich hernach nie mehr getragen habe. Sam stopft sie in die Jackentasche. Seine Hand stößt auf das Papier des Umschlags und er hält inne.

Ich lege mich um seine Schultern wie ein Schal aus kühler Luft. *Lies den Brief,* flüstere ich mit der größten Willenskraft, die mir noch bleibt.

Sam nestelt das blaurote Kuvert heraus und reißt ihn mit hungrigem Blick auf. Ich versuche, einen Blick auf die Buchstaben zu erhaschen. Was hat Luis mir nach Jahrzehnten der Stille geschrieben? Seine Schrift war schon immer unleserlich gewesen.

Sam schüttelt das Kuvert, es ist kein Geld im Umschlag, und bevor ich noch eine Zeile des Briefs entziffern kann, knüllt er ihn enttäuscht zusammen und lässt den Papierball unters Bett rollen. Unerreichbar.

Unhörbar für ihn heule ich auf und bündle mich zu rasendem Zorn. Die Glühbirne springt aus der Fassung, Scherben und der Glühfaden prasseln aufs Bett herunter. Mit einem puffenden Geräusch fangen die trockenen Fasern der Wolldecke Feuer. Die Flammen fressen sich über das Bettzeug, lecken an der Tapete hoch, an den Haaren der Toten, das Bett steht in Flammen.

Meine letzte Kraft ist verbraucht, ich bin nur noch ein schwacher Nebel, bald wird mein Bewusstsein erloschen sein. Werde ich wieder das Mädchen im grünen Kleid sein, werde ich zum Abschied wieder jung? Doch ich werde nie Vergebung erfahren, die Flammen züngeln über den Teppichboden und verzehren den Papierball darunter. Da ist nur noch die Alte mit dem bösartigen Nussknackermund. Das Mädchen ist in dem Moment gestorben, als es sich auf der Straße umdrehte und ging. Hinter der Feuerwand höre ich die Schreie der jungen Leute, immer leiser und das Vergessen schließt sich über mir.

Esther Wagner

Kälteschlaf

Das letzte Blatt Papier. Mir bricht der Schweiß aus. Was soll ich schreiben? Wie kann ich alles, was ich ihm noch sagen will, auf zwei Seiten unterbringen? Und was mache ich morgen, wenn kein Briefbogen mehr da ist, um meine Sorgen und Gedanken zu verwahren?

Ich denke zurück an den Tag des Abschieds. *»Ich werde dir schreiben!«*, habe ich damals gesagt. Wie höhnisch das im Nachhinein klingt! Dabei war es mein voller Ernst. Seit mehr als drei Jahren habe ich ihm täglich geschrieben. 1138 Briefe. Sie ruhen sorgfältig gestapelt unter dem kleinen Fenster, vor dem fremde Sterne vorbeiziehen.

Ich atme tief durch und beginne, zu schreiben. Nach den ersten, mühsamen Zeilen strömen die Worte aus mir heraus. Und schneller als erwartet ist das letzte Blatt Papier, das ich besitze, randvoll mit meinen Gedanken. Sie sind kaum lesbar. Ich musste die Tinte mit Wasser verdünnen, sonst hätte sie nicht ausgereicht. Ganz unten ist noch Platz für ein »Ich liebe dich«. Stimmt das überhaupt noch? Und wenn nicht, soll ich es nicht trotzdem schreiben? Sieht doch merkwürdig aus, wenn nur dieser letzte Brief nicht mit einem Liebesgruß endet. Meine Finger nehmen mir die Entscheidung ab. Sie bewegen sich automatisch, bannen die drei Worte aufs Papier.

Ich mag Papier und Tinte, Handgeschriebenes. »Wenn du jemandem dein Herz ausschütten willst, nimm Papier und Tinte. Lass die Worte mit allen Emotionen aus dir herausfließen und vom Papier auffangen.« Dieser Ratschlag meiner Mutter hat sich in mein Gedächtnis eingebrannt. Er hat das nie verstanden. Eine weltraumreisende Astrophysikerin mit einer Vorliebe für archaische Schreibwerkzeuge, das passte nicht zusammen. Doch es gehört ebenso zu mir wie der Forschergeist. Ich streiche über das feine Papier, spüre die winzigen Unebenheiten, die es so organisch – lebendig – machen. Es bringt Wärme in meine sterile, künstliche Welt.

Als ich meinen Namen schreiben will, zittern meine Finger. Ich halte inne. Mehr als drei Jahre lang habe ich ihm täglich geschrieben, habe ihm von Wundern berichtet und von Tagen voll erdrückender Langeweile. Ich habe ihm das Herz ausgeschüttet. Er kennt meine Geheimnisse, meine Tagträume und Fantasien, die bodenlose Hoffnungslosigkeit, die Wut und die Reue, aber auch die Glücksfunken, die in der Finsternis leuchten wie neugeborene Sterne. Er war mein Rettungsanker. Wenn ich jetzt meinen Namen schreibe, kappe ich die letzte Leine, die mich noch mit ihm, mit der Heimat verbindet. Dann schwebe ich für immer haltlos durchs All.

Ich zwinge meine Hand zu Disziplin und setze die Unterschrift unter den Brief. Als ich die abgenutzte Feder vom Papier hebe, löst sich ein Tropfen wässriger Tinte und ertränkt meinen Namen. Eine blassblaue Träne, stellvertretend für die unzähligen, die ich nicht weinen konnte.

Reglos warte ich, bis die Tinte getrocknet ist. Mein Kopf und mein Herz sind leer. Taub, wie abgestorbene Gliedmaßen. Ich falte den Brief zweimal, ganz exakt, wie immer. Kante auf Kante, millimeterfeine Schönheit an einem Ort, der mit kühlem Pragmatismus erschaffen wurde. Alles in diesem Raumschiff dient einem Zweck, jede winzige Schraube. Hier gibt es nichts, das einfach da ist, weil es hübsch aussieht oder durch Zufall zugegen war.

Ich hätte diese Briefe niemals digital verfassen können. Computer sind für meine Arbeit, mein Überleben unverzichtbar, aber meine Seele kann ich nur Papier anvertrauen. Ich verstaue sie in einem makellos weißen Kuvert und schließe sie weg, zusammen mit bittersüßen Erinnerungen und Tintentränen.

Mit bebenden Händen lege ich den letzten Umschlag auf den Briefstapel. Ich habe keinen davon nochmals gelesen. Sie enthalten ungefilterte Emotionen und rohe Gedanken. Ich streiche mit dem Fingernagel über die Kanten der schlafenden Briefe und versuche, mir vorzustellen, wie er morgens zum Briefkasten eilt und mit klopfendem Herzen nachschaut, ob Post von mir gekommen ist. Tausendmal habe ich mir ausgemalt, dass er auch nach all dieser Zeit noch auf Nachricht von mir wartet. Heute klappt das nicht, so sehr ich mich auch bemühe, den süßen Tagtraum zu beschwören. Der Zauber ist verflogen, die Briefmagie wirkt nicht mehr. Auf mich wartet niemand mehr.

Plötzlich halte ich es in diesem Raum nicht mehr aus, eingepfercht zwischen Türmen aus knochenweißem Papier. Ich habe es stets als befreiend empfunden, mir die Worte von der Seele zu schreiben, doch jetzt erdrücken sie mich. Ich flüchte aus meinem Quartier, weg von den Briefen, die nie ihr Ziel erreichen werden. Vertraute Aufgaben, Ablenkung, das wird helfen.

Das monotone Piepen des Überwachungsmonitors beruhigt mich normalerweise. Heute zerrt es an meinen Nerven. Ich sitze an Juris Bett und drücke ihm Astronautennahrung durch die Sonde in den Magen. Er liegt reglos da, mit offenen Augen, wie immer. Ein Speichelfaden hängt an seinen halb geöffneten Lippen. Ich wische ihn mit meinem Ärmel weg. Ob er wohl merkt, dass er gerade isst? Dass ich da bin?

Juri und ich sind die Einzigen, die überlebt haben. Doch er ist nie ganz aus dem Kälteschlaf erwacht. Sein Körper funktioniert, aber sein Geist ist nicht zurückgekehrt. Ich halte ihn am Leben, füttere ihn, wasche ihn. Nicht jeden Tag, Wasser ist kostbar und ich rieche den Schweißgestank schon gar nicht mehr. Und ich unterhalte mich mit ihm. Also ich rede und er hört zu. Vielleicht. Ich erzähle ihm nichts allzu Persönliches. Dafür kannten wir uns nicht gut genug. Klingt das seltsam? Vermutlich. Schließlich sind wir seit über drei Jahren die einzigen lebenden Menschen hier und verbringen die intimsten Momente miteinander. Trotzdem konnte ich Juri niemals das sagen, was ich den Briefen anvertraut habe. Ich habe es mehrfach versucht. Immer, wenn ich zu frustriert zum Schreiben war, wenn mich die Sinnlosigkeit der Schreiberei zu überwältigen drohte. Aber ich habe kaum ein Wort über die Lippen gebracht. Juri erfährt alles, was an Bord passiert, aber was in meiner Seele los ist, erzähle ich ihm nicht. Tut er ja auch nicht. Ich weiß noch nicht mal, ob er noch eine Seele hat. Manchmal macht es mich wütend, dass er sich einfach in seinen Gedankenpalast verkrochen hat.

Ich drücke den Rest der Nahrung aus der Spritze, säubere und desinfiziere alles und bleibe noch einen Moment bei ihm stehen. »Ich hab heute meinen letzten Brief geschrieben. Das Papier ist aufgebraucht. Ist ein komisches Gefühl.« Ich beobachte ihn aufmerksam, wie immer. Vielleicht zeigt er ja diesmal eine Reaktion? Aber er rührt sich nicht. Kein Blinzeln, kein Fingerzucken.

Wut kocht in mir hoch. »Verfickte Scheiße, antworte mir! Gib mir irgendein Signal, dass du noch lebst!« Ich trete mit Wucht gegen sein Bett und fluche, als Schmerz durch meinen großen Zeh zuckt. »Jetzt hab ich mir den Zeh verstaucht, du Arschloch!« Juri reagiert nicht. Der Mistkerl ist irgendwo ganz weit weg. Dabei bräuchte ich ihn hier so dringend! »Dann verreck halt endlich! Dann brauche ich dir wenigstens nicht mehr den Hintern abzuwischen!«

Ich stürme aus Juris Quartier und knalle die massive Tür hinter mir zu. Die ohnmächtige Wut frisst sich weiter durch meine Adern, will mich ersticken. Ich schreie, schreie so laut, dass die Wände des Raumschiffs vibrieren sollten. Ich spüre, wie der eisschwarze Raum erbebt. Sterne verglühen im gleißenden Nichts und mein Universum zerbirst in seine Atome.

Mein Kopf dröhnt. Ich will die Augen öffnen, doch meine Lider sind schwer wie Protonensterne. Ich liege auf dem Rücken und spüre kaltes Metall unter mir. Mühsam öffne ich die Augen und atme mehrmals durch. Die schale Luft strömt wie ein frischer Frühlingswind in meine Lungen und vertreibt den Dunst aus dem Kopf.

Was ist nur in mich gefahren? Ich hatte schon mehrere kleine Zusammenbrüche, aber niemals komplett die Kontrolle verloren. Vielleicht werde ich langsam verrückt. Oder zu langsam verrückt, um das alles zu ertragen. Drei Jahre und ein paar Wochen habe ich klaglos durchgehalten. Habe funktioniert, analysiert, improvisiert und so getan, als wäre alles nach Plan verlaufen. Als hätten die neun toten Astronauten in den Stasiskammern einfach verschlafen. Als wäre es kein Problem, dass Juri im Wachkoma liegt und nur dank einer selbst gebastelten Magensonde lebt. Ich habe unzählige wertvolle Daten ausgewertet, die außer mir nie jemand zu Gesicht bekommen wird. Bin vom Kurs abgewichen, um einem Kometen zu folgen und Proben aus einem Asteroidenfeld zu nehmen. Schließlich wird nie wieder ein Mensch die Gelegenheit haben, diese Phänomene zu untersuchen.

Ich habe einen Stern sterben sehen und neue Planeten entdeckt. Schon als Kind wollte ich Astronautin werden, zu fernen Sternen reisen und die Wunder des Universums erforschen. Wer hat schon das Glück, sich einen so kühnen Kindheitstraum zu erfüllen?

Die Einsamkeit hat mir mehr zugesetzt, als ich dachte. Deshalb habe ich ihm täglich Briefe geschrieben – ihm, den ich zurückgelassen habe, um auf eine zwölfjährige Mission zu gehen. Wie stolz und aufgeregt ich war, als ich mich von ihm und der ganzen Welt verabschiedete und meinen Platz im »Schlafwagen« einnahm, wie wir die Stasiseinheit scherzhaft nannten. Bis heute habe ich den Fehler nicht gefunden, durch den wir verschlafen haben. Der Antrieb des Raumschiffs könnte uns ewig weitertragen und die Nahrungs- und Sauerstoffvorräte werden noch Jahre halten, doch die Stasiskammern waren nie dafür gedacht, so lange zu funktionieren. Dass ich noch lebe, ist ein Wunder.

Ich zwinge mich, aufzustehen. Ich muss mich bei Juri entschuldigen. Mein Kopf schmerzt und meine Kehle ist rau, doch die Wut auf das Schicksal ist zu leiser Verzweiflung geschrumpft. Als ich die Tür zum Quartier meines Kollegen öffne, pocht mir vor Aufregung der Puls in den Ohren. Er liegt friedlich da, schläft mit offenen Augen. Kein Raumschiff könnte uns an einen weiter entfernten Ort bringen.

Ich setze mich zu ihm und nehme seine Hand, streichele sie, drücke sie an meine Wange. »Es tut mir leid«, flüstere ich. »Es tut mir schrecklich leid.« Und dann erzähle ich ihm alles. Von der Einsamkeit, die jeden Abend aus den totenstillen Ecken kriecht. Dass ich in den Briefen Bruchstücke meiner Seele konserviert habe wie in einer Kälteschlafkammer. Ich beichte ihm, dass ich nie wieder einen Fuß in den Schlafwagen gesetzt habe. Dass dort immer noch neun Leichen liegen. Als ich schließlich von dem Leben erzähle, das ich so leichtfertig aufgegeben habe, um auf diese Mission zu gehen, breche ich in Tränen aus. Ich vergrabe mein Gesicht in Juris Shirt und weine hemmungslos. Die Angst, die Trauer und Verzweiflung der letzten Jahre fließen aus mir heraus. Nicht gezähmt durch Tinte und Papier, sondern roh und urgewaltig wie eine Sturmflut im Sternenmeer.

Ich weiß nicht, ob ich ohnmächtig geworden oder eingeschlafen bin. Als ich aufwache, ruht mein Kopf immer noch auf Juris Oberkörper. Er fühlt sich warm und lebendig an. Wie sehr hat mir Körperkontakt gefehlt! Einfach nur ein anderes lebendes Wesen spüren. Ganz bewusst einem Herzschlag lauschen. Wissen: Ich bin nicht alleine.

Ich bleibe noch eine Weile liegen. Als ich mich endlich von Juri löse, bilde ich mir ein, dass ein sanftes Lächeln seine Lippen umspielt. Dieses Bild halte ich fest, ziehe daraus die Kraft für das, was ich gleich tun werde.

Ich werde dir schreiben! Ein letztes Mal streiche ich über die Kanten der Briefe. Der vertraute Duft des Papiers schnürt mir die Luft ab. 1139 Tage, 1139 Erinnerungen.

1139 Bruchstücke meiner Seele. »Siehst du, ich habe Wort gehalten«, flüstere ich.

Als ich ins All aufbrach, war mir klar, dass er nicht zwölf Jahre auf mich warten würde. Trotzdem habe ich mir diese Illusion bewahrt, selbst dann noch, als ich längst wusste, dass ich über hundert Jahre geschlafen hatte. Ich brauchte ein Leuchtfeuer, etwas, das mich erdete. Einen Grund, um jeden Morgen aufzustehen, obwohl meine Lage hoffnungslos ist. Als ich heute den letzten Brief gefaltet habe, ist das Leuchtfeuer erloschen. 1139 Tage lang habe ich die Einsamkeit auf Papier gebannt und weggeschlossen. Heute ist sie mit der Wucht einer Supernova über mich hereingebrochen. Ich kann sie nur annehmen oder verglühen.

»Danke, dass du all die Jahre da warst. Jetzt ist es Zeit, Abschied zu nehmen.« Ich überlege, die Luftschleuse zu öffnen und zusammen mit meinen Erinnerungen ins Nirgendwo zu schweben. Doch hier gibt es jemanden, der mich braucht. Einen Grund, um jeden Morgen aufzustehen. Papier kann Emotionen auffangen, aber niemals so viel Trost spenden wie ein schlagendes Herz. Deshalb bleibe ich: um Trost zu spenden. Juri soll meinen Herzschlag spüren, meine Berührung, bis wir in ewigen Kälteschlaf versinken.

Ich verlasse die Luftschleuse und sehe durch das eisbeschlagene Fenster zu, wie meine Briefe vom Sternenwind verweht werden. Das Universum wird die Erinnerungen darin bis in alle Ewigkeit behüten. Und dieser Gedanke tröstet mich.

Wiebke Tillenburg

Von Möbeln und Marotten

Ich höre, wie die Wohnungstür aufgeschlossen wird, Lea betritt fluchend die Diele. Ich verschlucke mein Lachen. Es ist fast schon ein Ritual, obwohl sie es natürlich nicht darauf anlegt, sich jedes Mal an dem kleinen Schränkchen zu stoßen. Eigentlich ist der Flur viel zu eng für das alte, abgeranzte Möbelstück. Doch Lea hatte bei unserem Einzug darauf bestanden, dass dieses Ding dort einen Platz erhält. Umso merkwürdiger ist es, dass sie das ein-türige Schränkchen mit der schmalen Schublade nie zu sehen scheint.

Das schleifende Geräusch von Plastik auf Raufaserta-pete deutet an, dass sie sich der Küche nähert. Atemlos erscheint sie auf der Türschwelle. »Du hättest mir ja ru-hig entgegenkommen und eine Tüte abnehmen können.«

Das ist so typisch. »Woher hätte ich denn wissen sol-len, dass du zurück bist? Klingel doch einfach und sag, dass du Hilfe brauchst.«

Sie ignoriert meinen Einwand. Sie würde eher hellse-herische Talente meinerseits erwarten, als einmal um Hil-fe zu bitten.

Die Tüten knallen auf das fleckige Holz des Küchenti-sches. Lea beginnt, den Inhalt scheinbar wahllos in der Küche zu verteilen. Ich begebe mich vorsichtshalber in Sicherheit. Bei dieser Aufgabe wird Hilfe – oder wie Lea es bezeichnet: Einmischung – mit Krallen und Zähnen abgewehrt. Sie hat ein System, ich erkenne es nicht. Während ich im Türrahmen stehe und beobachte, wie sie eine Packung Reis beschimpft, weil sie nicht in den prall gefüllten Vorratsschrank passt, überlege ich, ob diese Marotten noch liebenswert oder schon lächerlich sind. Ja, sie sind lächerlich, aber ich liebe sie dafür. Meine Ruhe tut ihr gut, das weiß ich. Aber leider kann ich ihr davon nichts abgeben. Sie ist zu oft in Eile, obwohl es keinen Grund dazu gibt. Als liefe sie ständig vor etwas davon oder müsse etwas erreichen, von dem nur sie weiß. Besonders das Nachhausekommen versetzt sie in Stress. Sie wirkt dann unruhig und gehetzt. Das ist noch etwas, das ich nicht nachvollziehen kann. Nachhausekommen ist für mich der Inbegriff von Entspannung, aber Lea klebt die Hektik förmlich an den Sohlen und wie ihre Schuhe, muss sie sie erst losbinden, um sie abzulegen. Ich weiß, dass jetzt nicht der richtige Moment ist, sie hat die Schuhe an den Füßen, doch die Neugierde drängt die Worte heraus.

»Da ist ein Päckchen für dich gekommen.« Es klingt nicht so beiläufig, wie ich es mir wünsche.

»Das muss ja ein ungeheuer interessantes Päckchen sein, wenn du mich extra darauf hinweist.« Inzwischen hat sie von dem bemitleidenswerten Paket Reis abgelassen und entledigt sich ihrer Jacke, die sie über eine Stuhllehne wirft.

Mist, ertappt. Bei der Flut an Bestellungen, die wir online tätigen, sind Päckchen keine Seltenheit, wir legen sie sonst auf den Schreibtisch des anderen. Ich weiche ihrem Blick aus, obwohl ich weiß, dass ich keine Chance habe. Man kann ihr einfach nichts vormachen. Lea wittert ein emotionales Ausweichmanöver wie ein Hund die Wurst.

»Es ist recht groß und schwer«, versuche ich auszuweichen.

»Ich kann mich nicht erinnern, etwas Großes und Schweres bestellt zu haben. Wer ist denn der Absender?«

»Darauf habe ich nicht geachtet. Schau doch einfach nach.« Es ist keine richtige Lüge. Der Name sprang mich an. Ihr Nachname, um genau zu sein, mit einem männlichen Vornamen davor.

Lea spricht nie von ihrem Vater. Seit vier Jahren sind wir ein Paar und ihr Vater ist das einzige Thema, über das wir nicht reden. Ich weiß, dass es keine Frage mangelnden Vertrauens oder fehlender Innigkeit ist. Sie hat ihn einfach aus ihrem Leben gelöscht. Auch ihre Mutter spricht nicht darüber. Es ist ein stummes Übereinkommen, das auf den beiden lastet und ich weiß nicht, wie lange sie es tragen können.

Lea lässt die Einkäufe liegen und eilt an mir vorbei ins Arbeitszimmer. Die Neugierde hat gesiegt. Langsam folge ich ihr.

Sie steht an ihrem Schreibtisch, als ich den Raum betrete. Sie hat das Päckchen nicht angefasst. Es liegt noch exakt so da, wie ich es positioniert hatte, mit dem Absender nach oben. Sie starrt es an wie ein Insekt, vor dem sie sich zwar ekelt, dessen Schönheit sie jedoch fasziniert.

Die Sekunden dehnen sich wie ein zäh gekauter Kaugummi, den ein gelangweiltes Schulkind halb aus dem Mund zieht. Ich warte auf den Moment, in dem der klebrige Faden seine Stabilität verliert und in die bodenlose Leere der Zeit fällt.

Plötzlich rauscht Lea an mir vorbei, zurück in die Küche. Es ertönt ein leises Klirren und ein Rascheln. Sie wird doch jetzt nicht weiter die verdammten Einkäufe wegräumen? Trotz meiner Neugierde traue ich mich nicht, sie erneut auf das Päckchen anzusprechen. Ich verharre im Türrahmen des Arbeitszimmers. Das scheint heute der beste Platz für mich zu sein. Irgendwo dazwischen.

Mit einem Weinglas und einer Flasche Rotwein kommt Lea zurück. Das Glas stellt sie auf den Schreibtisch. Ungeduldig knibbelt sie das Plastik vom Flaschenhals, das satte Knacken des Drehverschlusses erfüllt den Raum. Großzügig schenkt sie sich Wein ein.

Viel zu voll, denke ich. Sie will den Wein nicht genießen. Das ist neu. Lea trinkt gerne, auch schon mal etwas zu viel, aber nie … Warum jetzt?

»Willst du auch was?«, fragt sie.

»Zur Feier des Tages?« Sie kann den Anflug eines Lächelns nicht unterdrücken, doch das Päckchen verdrängt es schnell wieder oder der Gedanke an den Absender. Ich ahne bereits, was jetzt kommt. *Irgendwo dazwischen* ist jetzt zu nah. Ich löse mich bereits vom Türrahmen, als sie sagt:

»Lässt du mich kurz allein?« Lea, die Einzelkämpferin. Ganz gleich, was ihr widerfährt oder was sie belastet, sie muss sich ihm erst allein stellen. Ich erfahre immer erst hinterher, was sie bedrückt. Wenn sie die Last nicht mehr tragen kann. Sie will mich nicht ausschließen, aber wir brauchen jetzt keine Worte und in diesem Moment braucht sie mich nicht.

Ich gehe in die Küche und betrachte das Chaos, das Lea hinterlassen hat. Sie bringt selten eine Sache zu Ende, bevor sie eine neue beginnt. Doch, eine Sache. Unwillkürlich muss ich lächeln. *Uns.* Davon hat sie sich nicht ablenken lassen. Ich befreie drei rote Paprika aus dem Plastik und räume sie in den Kühlschrank. Lea hasst diese Verpackungen und sie hasst es noch mehr, wenn sie nicht gleich nach dem Einkauf entfernt werden.

Langsam, fast bedächtig, räume ich die übrigen Einkäufe ein. Mir scheint, als könne jedes falsche Geräusch eine Bombe zum Platzen bringen. Ich lasse mir Zeit, weil Lea welche braucht. Währenddessen dreht sich mein Gedankenkarussell. Ich kann kaum Vermutungen über Leas Vater anstellen. Er ist ein weißer Fleck in ihrem Leben. Ich weiß, dass er sie und ihre Mutter verlassen hat, und dass es schmerzlich war für beide. Die Gründe für seinen Weggang kennt Lea nicht. Das macht es so schlimm. Ungesagtes bereitet mehr Schmerz als ehrliche Worte. Ich mache mir Sorgen um Lea. Es ist offensichtlich, dass dieses Päckchen zu schwer für sie ist, um es allein zu tragen.

Sie erlöst mich aus meiner Rätselei, indem sie die Küche betritt und ein großes Buch auf den Tisch legt. Ich widerstehe dem Drang, es aufzuschlagen.

»Was ist das?«

»Was soll das schon sein?«, entgegnet sie ungeduldig. »Ein Fotoalbum ist das. Und jetzt hör bitte auf mit der Schauspielerei, du hast den Absender gesehen. Du weißt ganz genau, wer mir das geschickt hat.«

Ich zwinge mich, ruhig zu bleiben. Ihre Wut gilt nicht mir. »Nein, das weiß ich nicht. Ich vermute, dass es von deinem Vater kommt.«

Sie sinkt auf einen Küchenstuhl. Das Weinglas hat einen Großteil seines Inhalts bereits eingebüßt.

»Mein Vater.«

So viel Verachtung habe ich selten in ihrer Stimme gehört. Doch es schwingt noch ein anderer Ton darin. Ein kleiner, verletzlicher Ton, der sich verlassen an die Wut heftet. »Kannst du es bitte für mich aufschlagen?« Plötzlich wirkt sie wie ein kleines Kind, das sich nicht traut, allein in den Keller zu gehen. Nur umklammern kleine Kinder meist keine Weingläser. Ich ziehe einen Stuhl neben sie, setze mich und schlage das Buch auf.

Eine verblasste Familie lächelt uns entgegen. Ein mittelgroßer Mann mit hellem Haar und einer Stirnpartie, die mir bekannt vorkommt, eine jüngere, sorgenfreie Ausgabe von Leas Mutter und ein kleines Mädchen, schätzungsweise drei Jahre alt. Es trägt ein geblümtes Kleid, Lackschuhe und Rüschensocken. Ein klassisches, gestelltes Familienbild. Alle sind hübsch angezogen und stehen lächelnd vor der Haustür. Postkartenidylle. »Von wegen, du trägst immer nur schwarz.«

Lea lacht. Ein echtes, fröhliches Lea-Lachen. Sie sagt oft, das sei das Wunderbarste an mir, dass ich sie zum Lachen bringe. Bisher erschien mir das oberflächlich, erst jetzt verstehe ich, wie wichtig es ist.

»Modische Entgleisungen der Neunziger zählen nicht.«

Wir blättern uns langsam durch das Album. Lea erzählt, ab und zu unter Tränen, doch es befreit sie.

Sie spricht von Waldausflügen, Regenbögen, Körnerbrot, Lagerfeuer, Erdbeermarmelade, Birken und Tabakrauch. Die Bilder zeigen eine glückliche Familie und ihre Worte beschreiben einen Mann, der es nicht verdient hat, ein weißer Fleck zu werden.

Als Lea zur letzten Seite blättert, ist das gestellte Bild vom Anfang längst vergessen. Mit jeder Seite blätterte ein Stück von dem Lack ab, den Lea über sich selbst und diese wunderbare Familie gepinselt hat. Lea ist inzwischen sechs Jahre alt und hält eine bunte Laterne an einem Holzstab. Sie steht in einem gefliesten Hausflur. Auf der Treppe sitzt der weiße Fleck in ihrem Leben und trägt eine bunte Kindermütze auf dem Kopf. Lea lacht.

»Was ist das?« Sie meint einen gefalteten Zettel, der hinter das Foto geklemmt wurde. Das Weiß des Papiers hebt sich beinahe blendend von den vergilbten Seiten des Buches ab. Der Zettel wurde erst kürzlich hineingelegt.

»Du musst es lesen«, sage ich.

»Liest du ihn mir vor?« Ihre Hülle hat sie abgelegt, da ist jetzt die zerbrechliche Lea. Eine Frau, die außer mir wohl kaum jemand kennt. Als ich einen Arm um sie lege, schmiegt sie sich bereitwillig an mich. Jetzt ist meine Nähe erwünscht. Es ist nicht leicht mit ihr.

Auf dem Blatt reihen sich kleine, eckige Buchstaben eng aneinander. Sie befinden sich an der Grenze zur Lesbarkeit. Ich muss das Papier dicht vor die Augen halten, um die wenigen Worte zu entziffern.

Liebe Lea,

ich weiß genug über dich, um zu wissen, dass es dir gut geht. Du warst stark, du bist stark und du wirst es immer sein. Ich bin es nicht mehr. Ich möchte, dass du die Möglichkeit erhältst, dich auch an die schönen Dinge zu erinnern. Es ist nicht alles schwarz. Es sind nur die Flecken, die sich über die Erinnerung gelegt haben. Ich habe jetzt lange genug von ihnen gezehrt. Es ist an der Zeit, dass du die Flecken abwischst und das ganze Bild betrachtest. Ich erwarte nichts von dir, aber tu dir selbst den Gefallen und lass die Erinnerung zu.

Papa.

Das letzte Wort schwebt durch den Raum, wie der Geist, der hier schon länger wohnt.

Lea steht auf und greift nach ihrer Jacke. »Ich muss raus. An die frische Luft.« Sie rauscht aus der Küche. Das ist auch typisch für sie. Als müsse sie vor sich selbst weglaufen. Der Ablauf ist immer gleich: Ausbruch, Flucht und erst dann ist sie bereit, ihre Gefühle in Worte zu fassen. Manchmal stelle ich mir vor, wie sie durch den Wald läuft und die Worte heimlich sammelt, wie reife Brombeeren im Sommer.

Ich sitze am Tisch und betrachte das Foto auf der letzten Seite. Erst jetzt fällt mir das kleine Schränkchen auf. Ich höre, wie die Tür hinter Lea ins Schloss fällt. Stille. Kein Schmerzenslaut, kein Schimpfen, kein Fluch. Sie hat sich nicht gestoßen.

Kia Kahawa

Meine Wahrheit

Das Leben ist eine Kerze. Sie brennt. Und flackert. Bis eine Macht oder das eigene Erschöpfen das Feuer erlöschen lässt. Ein paar Sekunden glüht der Docht. Das sind die Monate, in denen ich dein Lachen im Kopf habe. Die Zeit, in der jeder innerlich noch wartet. Gleichzeitig steigt Rauch auf. Gedanken. Gefühle. Fragen. Aber auch der verschwindet nach einigen Momenten. Mit der Zeit verstehe ich, dass du fort bist. Vielleicht höre ich auch irgendwann auf, dir zu schreiben? Es ist eine Kerze, mein Freund.

Graue Wolken zeichneten das perfekte Bild für diesen Tag. Sie zogen sich zusammen und ließen den Himmel näher an die Erde heranrücken. Der Platz zwischen Boden und Wolken reichte nicht für jeden. Eine widerlich perfekt passende Atmosphäre. Eine junge Frau senkt ihr Gesicht und beginnt zu schreiben.

Ein Blitz erhellte die Felder, welche die Landschaft wie Puzzleteile zusammensetzten. Ein Donner schobt sich über die Erde, dann gaben die Wolken nach. Wassermassen brachen auf unreife Gewächse nieder, das Getreide ließ die Ähren hängen. Sie geben auf.

Hallo, mein Freund.

Ist das nicht bezeichnend? Du hast die Welt verlassen in dem Wissen, dass deine Fragen nicht mehr beantwortet werden. Vielleicht sehen wir uns wieder. Vielleicht auch nicht. Unsere Freunde tun mir gut, und ich kann nicht verstehen, dass du sie und mich zurückgelassen hast. Jedes Mal, wenn sie mich aufheitern und wenn man mir sagt, dass ich es verdient habe, glücklich zu sein, versinke ich in Gedanken. Obwohl ich oberflächlich lächeln kann: Tief im Innern schreit alles in mir. Es schreit und klagt. Will wissen, ob wir heute noch immer erfüllt wären, wenn man dir ein Mal mehr gesagt hätte, dass du Glückseligkeit verdient hast. Tag für Tag warte ich auf eine Antwort von dir.

Bis ganz bald,

Ira

Die Signatur unter den letzten Zeilen sah kritzlig aus. Nicht nur Iras Hand zitterte. Ihr gesamter Körper bebte. Dabei war ihr letztes Schluchzen schon Stunden her. Der Wind peitschte gegen die Fensterscheibe, hinter der sie sich vor der kalten Unlaune der Natur versteckte. Das Prasseln war ohrenbetäubend, doch ihr Kopf schrie lauter.

Sie ließ den Brief zu Boden fallen und strich über die nächste Seite. Das klare Weiß des Briefblocks lud sie ein, ihren Worten Raum zu geben. Doch ihre Gedanken wirbelten durcheinander. Kaum hatten sie das Großhirn zum Erlahmen gebracht, verloren sie sich im dichten Regen über den Feldern. Ein Donner brach zeitgleich mit seinem Blitz die Geräuschkulisse. Ira lauschte seinem Nachklang. Er erschien melodiös, als wollte jemand in ihre Melancholie mit einstimmen. Aber dem war nicht so. Im Gegenteil. Ira ahnte nicht, wessen Stimme sich hinter der Melodie des Donners verbarg.

Sie öffnete die Tür, bat John herein. Ihr Bedürfnis nach Raum schnitt die Luft entzwei. Der abgelehnte Kuss dehnte sich aus wie ein sterbender Stern.

Iras Puls stieg an. Auch der ihres Freundes schnellte auf ein höheres Level. Er bat sie, mit dem Weinen aufzuhören. Sein Verlangen nach ihrem Glück war größer als ihre Fähigkeit, Liebe zuzulassen.

Als die Wolken verschwanden und sich die Felder lichteten, war Ira wieder allein. Es war, als habe sich der Regen von draußen nach drinnen verschoben.

Hallo mein Freund,
ich kann dir nicht mehr schreiben. John hat Recht. Ich muss mich damit abfinden, dass du fort bist. Ob du es wolltest oder nicht, wird mir niemand beantworten. Tatsachen sind dazu da, begriffen zu werden. Und im Gegensatz zu dir lebe ich. Auch das ist eine schmerzliche Tatsache. Du bist mein Anker für jeden Moment des Schmerzes. Durch meinen Schmerz aber belaste ich die Menschen, die mich lachen sehen wollen. Ich habe das Recht – nein, die Pflicht, glücklich zu sein. Das bin ich dir allein schon schuldig! Das verstehst du doch, oder? Solch einen Gestaltungsspielraum muss man nutzen. Bist du glücklich, dort, wo du gerade bist? Ich bin es nicht.
Bis ganz bald.
Ira

Die Nacht tauchte die Felder in tiefstes Mitternachtsblau. Der Tag erhob sie zu saftigem Grün und strahlendem Gelb. Sie wechselten sich ab wie gleichmäßiger Atem. Tage vergingen, die Zeit floss dahin. Und sie war verloren.

Atemzüge geschehen immer im Jetzt. Sie können nicht aus der Zukunft vorgezogen oder aus der Vergangenheit nachgeholt werden. Ist ein Atemzug vergangen, so ist er fort.

Überspringt ein Herz einen Schlag, holt es keinen nach. Es führt seine Arbeit nach der Verschnaufpause fort, als sei nichts gewesen. Manchmal aber streckt es die Pause. Dann nimmt es sich die Ruhe, die es so dringend gebraucht hat, verstummt für immer.

Ira stieß Luft aus und keuchte. Ihr Brustkorb hob und senkte sich in weiten Zügen, dann flachte die Bewegung ab. Bis sie wieder normal atmete. Sie hielt erneut die Luft an. Ihr Geist begriff es nicht. Auch nicht nach dem zehnten Versuch. Beim Sterben atmet man aus. Das Bedürfnis einzuatmen fehlt. Ira glaubte nicht daran.

Sie wollte begreifen. Rational verstand sie, weshalb dieser Mensch fehlte. Die Emotionen jedoch suchten nach einem Anker. Nach einem Ufer, an welchem man sich kurz ausruhen konnte. Ira schulterte ihre Tasche und verließ das Haus. Das Klingeln des Telefons ignorierte sie. Spaziergänge hatten für sie stets eine wundersam klärende Wirkung.

Hallo mein Freund,
Es ist ein ewiger Monolog, den ich führe, während ich deinen Tod verarbeite. Es sind Worte, die für dich vielleicht leer erscheinen, weil du nie hören wirst, was ich dir zu sagen habe. Ich weiß, du hättest nie gedacht, dass sich jemals auch nur ein einziger Tag so

zuträgt und so viel Trauer in die Herzen eines jeden Einzelnen legt, wie es jetzt täglich passiert. Ich begreife einfach nicht, dass du das nicht mehr erleben kannst. Ich schreibe Briefe an einen Menschen ohne Adresse, an einen Namen voller Erinnerungen. Gerade sitze ich an deinem Grab, aber du scheinst nicht da zu sein. Wo bist du, mein Freund? Dieser ganze verdammte Trost... Er bringt nichts. Natürlich schreibe ich die Briefe für mich, nicht für dich. Beerdigungen werden für die Trauernden veranstaltet, nicht für den Toten. Allmählich realisiere ich, dass John Recht haben könnte. Du würdest diese Briefe nicht lesen wollen. Ist es dann überhaupt richtig, sie an dich zu adressieren?

Bis ganz bald,

Ira

Sie zwang sich, zu funktionieren. Geistesabwesend waberte Ira durch den Alltag, setzte sich immer wieder an ihren alten Holztisch. Sie breitete den Briefblock aus, nahm die Kappe des Füllers ab, verharrte. Dann legte sie den Stift zur Seite, verstaute das Papier in der Schublade und ließ sich vom Sog des Alltags aufnehmen.

Sieben Tage schrieb sie keine Briefe. Sieben Tage versuchte man, sie telefonisch zu erreichen. Sie fühlte sich nicht würdig, ihrem Freund zu schreiben. Dort, wo er war, sollte er sich an die glücklichen Momente erinnern und nicht unter den Klagen der Hinterbliebenen leiden.

Trauer wird von den Menschen auf vielfältige Weise ausgedrückt. Manche schweigen, manche schreien. Manch einer muss reden, ein anderer muss weinen. Im

Gegensatz zu Ira stürzte John sich in Abenteuer. Er wollte leben wie niemals zuvor. Seine fröhliche Fassade blendete die Trauernden, hielt sie auf Abstand. Man bezweifelte seine Anteilnahme, hinterfragte seine Gefühle. Das war nicht fair.

Bevor Ira einen weiteren Brief verfasste, ging sie endlich ans Telefon. Es war ein alter Freund, der sie im Streit von sich gestoßen hatte. Allen zwischenmenschlichen Barrieren zum Trotz sorgte er sich um sie. Gerade wegen dieser Distanz schüttete Ira ihm ihr Herz aus.

Hallo mein Freund,

Wenn du freiwillig gegangen bist, fügst du denen, die dich lächelnd sehen wollten, unendlichen Schmerz zu. Mein Kopf will es nicht begreifen, und mein Herz streitet es ab. Ich habe mit Neil gesprochen. Weißt du noch? Du sagtest, nach unserem Streit könnten wir nie mehr in einem Raum sein. Jetzt weiß ich kaum noch, warum wir uns gemieden haben. Was unüberbrückbar schien, ist plötzlich egal. Dein Tod bringt Menschen zusammen. Und kann sie auseinandertreiben. Ist es nicht erstaunlich, wie viel Wirken von dir ausgeht, obwohl du nicht mehr da bist?

Neil hat da etwas gesagt, was mich nicht loslässt. Was, wenn es gar nicht wichtig ist, ob du sterben wolltest, oder ob es ein Unfall war? Er hat infrage gestellt, ob eine Tatsache wirklich die Wahrheit ist. Womöglich kommt es gar nicht darauf an, was passiert ist, sondern auf das, was wir in unserer Erinnerung bewahren.

Bis ganz bald,

Ira

Die Sonne tauchte die Felder in leuchtend rote und orange Farben. Als fluoreszierte jedes Stück Natur, das angestrahlt wurde, versprühten sie Lebendigkeit. Die Blumen auf seinem Grab sprossen in bunten Farben, kein welkes Blatt war zu sehen. Wie ein bescheidenes Blumenbeet, in welchem sich feine Sprenkel von Unkraut durch die Erde bohren. Auf dem Grabstein prangte sein Name, mattes Metall reflektierte nur einen Teil der abendlichen Sonnenstrahlen zum Betrachter. Ira hörte nichts außer ihrem eigenen Atem. Sie starrte auf das Grab. Las seinen Namen. Sprach ihn aus. Wieder und wieder. Dann begriff sie ihre Wahrheit.

Hallo mein Freund,
Der Mensch, der du warst, hätte sich niemals das Leben genommen.
Diese Leere in mir ist jetzt weg. Es tut nur noch weh. Ich glaube, ich verarbeite jetzt.
Bis ganz bald,
Ira

Magret Kindermann

Moleküle der Wolken

Erst dachte Markus, er würde sich auflösen, doch er bemerkte, dass er zu viel wurde. Schon als Kind glaubte er, emotionale Schwingungen von Gegenständen zu fühlen, die sonst niemand zu bemerken schien.

»Mein Sohn versteht sich mit Steinen besser als mit Menschen«, sagte seine Mutter mit hocherhobenem Haupt, wenn jemand die Absonderlichkeiten ihres Sprösslings aufzeigte. »Pass dich ja nicht an, hörst du? Angepasstheit ist etwas für die Max Mustermanns da draußen.« Sie wollte nicht, dass sich ihr Junge schämte, er selbst zu sein. In ihren Zwanzigern hatte sie unter den eigenen Anpassungsversuchen gelitten und sich gewünscht, unsichtbar zu werden. Nur noch für sich existieren wollte sie, ein Meteorit im All werden. »Du wirst diese Gabe beherrschen, der ich nicht mächtig war«, sagte sie in ihrer Schwangerschaft zu ihrem Ungeborenen, küsste ihre Finger und führte diese zum gespannten Unterbauch. An diesen Satz sollte sie als Mutter noch oft zurückdenken.

Stein faszinierte Markus am meisten, vor allem in Form von Felsen und Bergen. Wenn er mit der Handfläche den Bergfuß der Zugspitze berührte, glaubte er, den Wind am höchsten Punkt zu spüren. Hielt er einen Kieselstein, fühlte er, wie er unter dem enormen Druck der Maschine aus dem größeren Brocken splitterte. Berührte er einen Baum, hörte er, wie sich die Wurzeln den anderen Pflanzen mitteilten. Markus schmerzte das Klopfen des Spechts am Stamm und er streckte sich aus, in den Himmel hinauf und tief ins Erdreich hinein.

Im Kunstunterricht lernte er, was die eigene Identität bedeutet, als sie ein Selbstporträt malen sollten und er eine Schulstunde lang auf ein weißes Blatt blickte.

»Markus, nicht träumen!«, sagte der Lehrer.

»Wo ende ich?«

Der Lehrer liebte die geflüsterte Frage und vermutete, sein Schüler sei eine hochkünstlerische Seele.

»Mein Selbst ist etwas, das nur ich alleine definieren kann«, wiederholte Markus stolz die Worte des Lehrers, als er nach Hause kam.

»Du kannst alles sein, was du willst.« Seine Mutter strich ihm über den Hinterkopf.

Das stimmte nicht, aber er verkniff sich die Antwort. Es war nicht so, dass er eine Wahl hatte. Die Kleidung berührte seine Haut, die Füße den Boden und alles Existierende die Luft, die die Welt miteinander verband. Es war wie eine Wärmestrahlung, nahe Dinge spürte er stärker und mit der Entfernung wurde ihr Flüstern leiser. Es gab Momente, in denen er dachte, sich unter Kontrolle zu haben. Dann bestand er nur aus Körper und der Geist gehörte ihm. Bei großen Emotionen verlor er den Halt und die Grenzen seines Ichs verschwammen. Als Jugendlicher glaubte er, bei einem Wutanfall kurz den Mond berührt zu haben. Markus war nie für sich allein und nie war er sich sicher, ob die Gedanken ihm gehörten oder seinem Umfeld.

Ein Leben unter diesen Umständen war schwierig, aber auch spannend. *Die anderen übersehen alles*, dachte er. Nach dem Abitur ging er für ein Jahr nach Australien, um herumzureisen und sich auf Bananenplantagen Unterkunft und Essen zu verdienen. Braungebrannt umarmte Markus seine Mutter am Flughafen nach der Rückkehr. Ihm blieb die Luft weg und er fiel in sich zusammen. Im Krankenhaus erwachte er und begann zu schreien. »Nicht ich bin der Patient, sie ist es!« Er zog seine Mutter zu sich. »Du hast einen Tumor im Kopf. Er ist zu groß.«

Das Röntgenbild zeigte, dass er recht hatte. Das Geschwür war so groß wie ein Ei und drückte gegen die linke Schläfe.

»Inoperabel«, sagten die Ärzte.

»Schicksal«, fand Markus' Mutter.

»Meine Schuld«, sagte er.

Die Welt fühlte sich nach ihrem Tod leer an und er begriff, dass er ihre Anwesenheit auf dem Planeten jederzeit gespürt hatte, auch wenn er auf einem anderen Kontinent war. Dieser Teil war verschwunden, es gab sie schlicht nicht mehr. Er zog nach Berlin, in der Hoffnung, dass ihr Fehlen von neuen Erfahrungen verdeckt werden würde. Die städtische Umgebung stumpfte ihn ab. Die Bäume ließen ihre grauen Blätter hängen und er fühlte die Trauer der schillernden Partymenschen. *Gut so*, dachte er und das Elend der anderen vermischte sich mit seinem eigenen.

»Noch ein Bier?«

Markus schüttelte den Kopf und gähnte. Er war seit zwei Jahren in der Großstadt und baute von seinem Schlafzimmer aus Websites für ausländische Kunden. Wenn ihn die Einsamkeit übermannte, trank er Bier in der Bar, über der er wohnte. Manchmal mit Freunden, oft alleine. Schon lange hatte er keinem Baum mehr zugehört. Er weigerte sich.

»Soll ich deine Getränke aufschreiben oder hast du mal Geld?«, fragte der Barkeeper seinen Stammgast.

Markus wollte erwidern, dass er es aufschreiben solle, als ihm die schwarze Serviette auffiel, die die Kellnerin auf einem Tablett mit zwei Himbeer-Mojitos an ihm vorbeitrug. Nicht die Serviette fesselte seine Aufmerksamkeit. Vielmehr waren es ihre kleinsten Teilchen und eines davon kam ihm vertraut vor; eine schreckliche Sehnsucht überfiel ihn. Er rutschte vom Stuhl und lief hinterher.

»Was ist los?«, fragte der Barkeeper ungehört. Er war es leid, den Sonderling in seinen Schichten ertragen zu müssen.

Markus stolperte und fiel bäuchlings auf den Holzboden. Der Geruch von Alkohol und Straßendreck stieg ihm in die Nase. Die Dielen im Gang zu den Toiletten ächzten unter der Last der Gäste und Möbel. Das Teilchen hatte zu seiner Mutter gehört! Zersplittert war sie in der Welt verteilt worden. Er verrenkte den Kopf und sah, wie die Serviette auf den Boden segelte, als die Kundin das Glas von ihr hob. Er griff danach, doch die Toilettentür schwang auf, ein schlammverschmierter Turnschuh trat drauf und nahm sie mit.

Markus sprang auf.

»Bis dann!«, rief der Besitzer des Turnschuhs und verließ die Bar.

Er lief hinterher und fand die Serviette vor der Tür, das Teilchen der Mutter gehörte nicht mehr zu ihr. Vielleicht war es zum Schuh übergegangen. Oder war Markus verrückt geworden? Das weiche Material verwebte sich mit ihm, vor zwei Monaten war es gebleicht und schwarz gefärbt worden. Ein feuchter Glasabdruck blickte Markus an.

Er seufzte und ging zurück. An der Bar stand das Mädchen mit dem Himbeer-Mojito und lächelte ihn an.

»Du hast mir meine Serviette zurückgebracht?«, fragte sie amüsiert.

»Äh. Ja.« Er gab sie ihr.

Als sie die Serviette berührte, spürte er das Feuer, das in ihr loderte. Ihre Lebensenergie ließ ihn schwindeln und für einen Moment fand er sich oben an der Decke im Kronleuchter wieder.

»Willst du dich zu uns gesellen?«, fragte sie.

So lernte er Dana kennen und das Leben wurde süß. Den Boden, den sie betrat, hinterließ sie fröhlich und Markus begann wieder, zuzuhören, was seine Umwelt zu sagen hatte. Am liebsten, wenn er mit ihr zusammen war, dann spielten die Bäume mit dem Licht auf ihrem Gesicht.

»Das denkst du dir doch aus!«, sagte Dana, als sie zusammenlagen.

»Ich kann es dir beweisen!« Er legte die flache Hand

auf das Bettlaken. »Ich spüre die Drehungen der Waschmaschine.«

Dana lachte. »Ja, manchmal wasche ich auch mein Zeug.«

»Es war mal beige. Hast du es gefärbt? Unten am Fußende ist ein winziges Loch und ein Faden hängt raus, etwa so lang.« Er zeigte mit den Fingern drei Zentimeter an.

Sie runzelte die Stirn und erhob sich, um nachzuschauen.

»An deinem Eierstock sind Narben von Einschnitten. Du wurdest operiert.«

Ihr Mund stand offen. Das konnte er unmöglich wissen!

»Wurdest du operiert?«, fragte er.

Sie nickte. »Zwei Mal. Auf der linken Seite.«

Markus legte ihr die Hände auf die Oberarme und schaute ihr fest in die Augen. »Ich fühle alles, ob ich will oder nicht. Die Welt ist so viel mehr, alles ist verbunden, alles kommuniziert. Und du bist wunderschön. Du bist rein! Noch nie habe ich einem solchen Frieden zuhören können.«

Sie schüttelte den Kopf. »Das ist verrückt.«

»Ist es?«

Sie bestand darauf, dass er es ihr zeige, und er legte die Hand auf die unverputzte Wand neben ihm.

»Das Haus hat sechs Stockwerke, sieben mit dem Dach. Es wurde mal beschädigt, ich schätze zu Kriegszeiten. Es besteht größtenteils aus Holz, Lehm, Ziegelsteinen, Stein, Styropor und Glas. Und irgendwas, das ich nicht kenne, was Fusseliges. Es hat ein Kellergeschoss und das Erdreich um es herum ist durchzogen mit Leitungen und Rohren. Ich spüre Strom und Rost.«

»Ich glaube dir ja«, sagte Dana. Sie versteckte ihr Gesicht in den Händen und gab ein Brummen von sich. »Mein Freund ist ein Magier, ich kann's nicht fassen.«

»Gleich kommt eine Straßenbahn.«

Dana öffnete das Fenster und schaute hinaus. »Welche Nummer?«

»Ich kann nicht hellsehen!«

»Ach, das ist dann zu viel verlangt, ja?«

Markus legte mit gerunzelter Stirn und konzentriertem Blick die Finger auf die Schläfe. »Es ist die Nummer ... 12!«

Dana wurde bleich. »Das hast du geraten.«

Er grinste. »Ja, hab ich.«

Sie rollte mit den Augen und lachte ebenfalls.

»Ich bin also dein Freund?«, fragte er.

Sie wich seinem Blick aus und lehnte sich an die Zimmerwand. »Nun ja. Irgendwie schon.« Er betrachtete die Tapete und Dana nutzte den Moment, ihn zu beobachten. Seine Gabe machte ihn attraktiver, stellte sie fest. Er war ein Magier. Ob er dazu bestimmt war, die Welt zu retten? Sie belächelte sich. Wahrscheinlich war es nur ein Genfehler. Ein aufregender Fehler! Sie überfiel ihn mit Küssen und glaubte sogar, ebenfalls zu spüren, wie er mit ihr verschmolz.

An diesem Nachmittag passierte es zum ersten Mal, dass die Leute Markus zu übersehen schienen. Am Zebrastreifen vor Danas Haus hielt ein Auto nicht für ihn. Er war sich nicht sicher, ob er ihm ausgewichen oder ob es durch ihn hindurchgefahren war.

Bei ihm zu Hause angekommen bellte der Nachbarshund nicht wie sonst, stattdessen streckte er sich, gähnte und rollte sich vor ihm auf der obersten Treppenstufe zusammen. Das Tier lag gerne vor fremden Häusern, wahrscheinlich war der gesamte Straßenzug sein Revier.

»Verschwinde!«, sagte Markus und das Tier blickte auf. Es knurrte. »Na endlich!« Mit einem großen Schritt über den vor Wut zitternden Hund erreichte er die Haustür. Sein Handy klingelte, als er es aus der Hosentasche zog, glitt es ihm durch die Hand und fiel auf die Straße. »Mist!« Er bückte sich.

»Du wirst unsichtbar«, sagte eine brüchige Stimme.

Markus drehte sich um und schreckte zurück. Hinter ihm stand ein Obdachloser in Lumpen, der nach Urin und Kot stank.

»Verschwinden wirst du!«, sagte der Mann.

Die Furcht, er könnte näherkommen, ließ Markus fahrig werden, doch endlich hatte er sein Handy in der Hand. Erst beim zweiten Versuch traf er das Schloss mit dem Schlüssel.

»Es sind die Küsse!«

Er schlug die Tür hinter sich zu und eilte zu seiner Wohnung. Vom Küchenfenster aus beobachtete er die Straße. Der Obdachlose gestikulierte und brüllte zu niemand bestimmtem. Der Barkeeper der Kneipe kam raus und vertrieb ihn.

Der Vorfall war verrückt, und so überredete Markus sich, er habe ihn sich eingebildet. Er aß ein Brot mit Frischkäse und eine Fliege landete auf seiner Hand, um sich zu putzen. Zufrieden beobachtete er sie. »Ein guter Platz, oder? Stabil und sicher. So unverrückbar wie ein Stein.« Er spürte, wie die Fühler aneinanderrieben und über die Flügel glitten. Er war nur übermüdet. Die Nächte bei seiner Freundin führten nie zu viel Schlaf. Er grinste und biss ins Brot. Die Fliege flog davon.

Ein paar Tage später sah er Dana wieder. Den Obdachlosen oder den Nachbarhund hatte er schon fast vergessen. Sie spazierten über den Mauerparkflohmarkt.

»Wie schade, dass hier kaum noch alte, gebrauchte Sachen verkauft werden. Nur noch Zeug von kleinen Designern«, sagte sie.

»Das hat aber auch was. Ist halt kein ursprünglicher Flohmarkt mehr.«

Sie aßen fettigen Gözleme und tranken frischgepressten Orangensaft.

»Ich liebe den Sommer!« Sie schmiegte sich an seinen Arm und er spürte ihr Herz. Sie trafen sich in der Mitte und er küsste ihren lachenden Mund. Die Welt um ihn verschwamm und er sah den Platz von hoch oben. Der Wind trieb ihn fort.

»Markus!« Danas Stimme klang schrill.

»Was?«

Er lag in einer großen Pfütze, die Leute hatten einen Kreis um ihn gebildet.

»Du ... Ich weiß nicht!« Sie schien das Gesehene nicht verarbeiten zu können. Ihr Gesicht war bleich. »Ich glaube ... Es war, als wärst du kurz weggewesen«, flüsterte sie. »Nicht ohnmächtig. *Weg*!«

Markus blickte zu den Wolken, die über den Himmel tobten. Er war ein Teil von ihnen gewesen. So weit weg hatte es ihn noch nie zuvor getrieben. Dana half ihm auf die Füße.

»Es sind die Küsse«, sagte er.

»Was?«

»Ich will nach Hause.«

Wortlos gingen sie zur U-Bahn. Sie brachte ihn bis zur Wohnung; er wollte nicht, dass sie mit reinkam. Den Abschiedskuss verweigerte er.

Drei Monate nahm er Danas Anrufe nicht entgegen, öffnete ihr nicht die Tür und schrieb nicht zurück. Als er in der Bar unter seiner Wohnung am Fenster saß, ging sie vorbei. Er wollte aufspringen und ihr hinterherlaufen, doch er dachte an die Wolken und blieb sitzen. Dana hatte einen Brief in der Hand, selbst von seinem Platz aus erkannte den Namen darauf: *Markus*. Ihre Schrift versetzte ihm einen Stich: winzige Buchstaben. Hatte sie schon mit ihm abgeschlossen?

Sie kehrte bald darauf zurück, ohne Brief. Ihr Blick wanderte rastlos über die Häuserwände, Markus versteckte sich hinter seinem Bierglas.

Hatte sie mit dem Stift einen Weg gefunden, ihm zu sagen, dass sie aufgab? Dass er ein Arschloch sei, ein hundsmiserabler Typ? Schon zuvor hatte sie ihm etwas geschrieben. Groß hatte sein Name auf dem Umschlag gestanden, das S hatte in einer langen Linie geendet. Doch der neue Brief war anders. Ihn würde er nicht liebeshungrig aufreißen. Er würde ihn überhaupt nicht öffnen!

Beim Trinken fühlte es sich an, als wäre er die Schaumkrone. Knisternd zerplatzten die Bläschen. Der Barkeeper nickte kurz, als er ein weiteres Bier bestellte.

Ein Brief war ein Brief, wenn er einen Absender und einen Empfänger hatte. Aber der Briefkasten würde verschlossen bleiben, der Umschlag mit der kleinen Schrift für immer verschollen, degradiert zu Papier ohne Inhalt.

»Läuft hier auch Musik?« Seine Zunge war schwer und er lallte. Beschissener Brief.

»Musik? Hallo? Irgendwer zu Hause?« Er lachte. Beschissene Dana.

»Für dich ist der Abend zu Ende. Du gehst nach Hause.«

»Beschissene Wolken!«

Der Barkeeper berührte seine Schulter und sofort wurde Markus ruhig, er spürte die Missbilligung des anderen.

»Darf ich noch mein Bier austrinken?«

»Geh nach Hause, Markus!«

Er hörte das Bier in seiner Blase lachen. Das Parkett knarrte und die Glocke über der Tür wurde angeschlagen. Der Alkohol machte ihn leicht und die Grenzen verwischten mehr als sonst.

Vor der Bar stand der Obdachlose und pisste gegen die Regenrinne. »Holla! Noch da?«, fragte er.

»Ich hab Sie gesucht.« Markus überwand den Reflex, sich die Nase zuzuhalten.

»Jeder sucht mich.« Er schüttelte den Penis aus und stopfte ihn zurück in die Lumpen. »Gibst du mir ein Bier aus?«

»Ich darf nicht. Ich muss nach Hause.«

Der Obdachlose verzog das Gesicht und drehte sich weg.

»Ich hab zuhause Bier.«

»Formidable!«

Im Treppenhaus vergaß Markus seine Pläne, den Brief zu verdammen, und las ihn noch vor der Wohnungstür. »Hallo Markus«, stand da.

»Briefe sind Abbilder der Seelen!«, sagte der Obdachlose. »Das Einanderschreiben ist so intim. Ich möchte auch wieder einen Brief bekommen. Wenn man aufhört, Briefe zu bekommen, ist man ein vergessener Mensch.«

Zuerst schickte Markus seinen Begleiter in die Dusche. Dieser sah sauber trauriger aus, der Dreck hatte sein Leid verdeckt. Wenigstens stank er nicht mehr.

»Ich bin wieder nüchtern«, bemühte sich Markus zu sagen. »Der Brief hat mich nüchtern gemacht.« Er stellte ihm einen Teller mit zwei Frischkäsebroten hin.

»Gibt's auch Bier?«

Markus schnaubte.

»Ich nehme auch Schnaps! Jägermeister ... Pflaumenlikör ist mein Liebling.«

Während der Obdachlose aß und trank, Letzteres mit wesentlich mehr Wohlwollen, las Markus nochmals den Brief.

»Hallo Markus.« Das war's. Nur diese zwei Worte und ein Punkt. Er berührte die Tinte und Tränen stiegen in seine Augen.

»Nur Briefe schaffen das, Püppi. Dieses Heulen. Ach ja, und Menschen.«

»Das ist gar kein Brief. Sie hat nur zwei Worte geschrieben.«

Der Obdachlose ließ mit großen Augen das Brot sinken, von dem nur noch Rinde übrig war. »Das ist viel mehr. Das ist eine Gesprächseröffnung, eine Einladung zum Dialog! Gibt es noch Bier?« Er ging ungefragt selbst zum Kühlschrank und bediente sich.

Markus hörte nicht zu, als er eine verwirrte Geschichte erzählte, er sei Arzt, die Gesellschaft ein Sauhaufen und generell alles ganz schrecklich. Stattdessen tauchte er in die Emotionen der Tinte ab. Schon lange hatte er sich Dana nicht mehr so nah gefühlt.

»Und ich sagte es auch ihm, er würde sonst verschwinden. Aber er glaubte mir nicht, er beschimpfte mich, ich –«

»Was?«

»Er beschimpfte mich, ich sei ein Irrer. Ich sag dir –«

»Da war schon jemand vor mir?«

Der Fremde roch an seinen Haaren, die seit Jahren zum ersten Mal nicht fettig und dreckverkrustet sein mussten. »Was ist das für ein Geruch? Moschus?«

»Keine Ahnung, ich bin kein Mädchen, ich interessiere mich nicht für Shampoo!«

Er verschränkte die Arme. »Werde erst mal so alt wie ich, dann lernst du, dass es das nicht gibt, Männer und Frauen.«

Markus hielt es nicht mehr aus, er stürzte sich auf den Obdachlosen und zog ihn am Kragen dicht an sein Gesicht. Die Zähne hatte dieser nicht geputzt. »Wer war das, der wie ich verschwinden würde?«

»Verschwunden ist!«, korrigierte der Mann. »Er hatte dasselbe Problem wie du. Lass mich raten. Die Oberflächen sind für dich durchlässig, richtig? Du bleibst nicht immer in deinem Körper, du verschwimmst mit deiner Umwelt.«

»Das war schon immer so.«

»Klar. Auch Arthur verliebte sich, aber viel früher als du. Diese Hochgefühle sorgen dafür, dass du die Kontrolle verlierst. Stelle dir vor, wie du dich mit vielen Ärmchen mit allen Kräften an deiner Hülle festkrallst. Hier und da ist eins zu schwach, aber im Großen und Ganzen hält das Konstrukt.«

»Außer beim Küssen.«

»Na ja. Das ist ein Auslöser. Ich konnte das Phänomen nicht genug erforschen. Es war mein Ruin, ich verlor meine Zulassung.«

Markus schwieg. Er wollte nicht wissen, was mit Arthur passiert war.

»Kann ich die Heizung etwas anmachen?«, fragte der Obdachlose.

Er nickte. »Ich muss ihr schreiben, ihr alles erklären. Sie muss mir verzeihen.«

Der Rumtreiber nahm ihm den Brief weg. »Oh nein! Das ist ein Dialog, klar? Du schreibst eine Zeile zurück und wartest, bis ihre Antwort kommt.«

Markus' Sicht kippte weg und er hielt sich am Tisch fest. »Mir ist übel.«

Als er am nächsten Tag erwachte, hatte er nur Gesprächsfetzen im Kopf. Der Fremde lag neben ihm im Bett und schnarchte. Sein Atem roch nach Zahnpasta. Als Markus sich die Zähne putzen wollte, fühlte er, wie die Borsten auf fauligem Gebiss gequält worden waren. Er verzichtete und hob den Brief auf, der auf dem Boden unter einem Stuhlbein lag.

»Hallo Markus.«

Wer schreibt nur zwei Wörter?

»Ich vermisse dich«, schrieb er. Und dahinter in Klammern: »Eins mehr als du.«

Er brachte den Brief nicht bei ihr vorbei, stattdessen schickte er ihn per Post. Als er ihn zwei Tage später zurückbekam, wohnte der Obdachlose noch immer bei ihm. Er wollte mit ihm seine Karriere wieder aufbauen und stellte ihm Fragen, die selten etwas mit dem Fall zu tun hatten.

Auf einem neuen Zettel stand: »Ich vermisse dich auch. (Eins mehr als du.)« Die Tinte strahlte einen Hauch Freude aus.

»Na siehst du!«, freute sich der Obdachlose. »Wenn ich auftauche, wird alles gerichtet.«

Der Briefdialog zog sich über Wochen. Dana brachte den Brief vorbei, er schickte ihn mit der Post. Anfangs funktionierte ihre postalische Beziehung. Ihre Worte liebkosten sich, er erzählte von der Behandlung seines Arztes, sie von ihrem Studium. Bis das Schreiben nicht mehr reichte.

»Ich habe dich, aber immer nur fast«, schrieb sie.

»Briefe sind nur der schwache Abklatsch deiner Selbst.«

»Ich spüre dich nicht.«

»Ich brauche mehr.«

Markus beschloss, er konnte nicht mehr den Umweg über die Post machen. Zu viele Hände fassten den Umschlag an und verseuchten ihn mit fremden Gefühlen.

Es war ein warmer Tag im Spätsommer und er lief den Kilometer bis zu ihrem Haus. Den Straßenzug hatte er schon lange nicht mehr gesehen. Die Haustür rief nach ihm und er beschleunigte den Schritt. Erst jetzt fiel ihm Dana auf, die von der Straßenbahnhaltestelle kam. Ihr Zopf schwang beim Laufen.

»Dana!« Jede Vorsicht vergessend rannte er auf sie zu. Das Gerede war Unsinn, wie hatte er das nur glauben können? Und selbst wenn? »Dana!«

Sie blieb stehen. Drehte sich um. In ihrem Gesicht las er Schrecken und Freude vereint.

»Dana!«

»Markus!« Der Schrecken war weg. Jetzt rannte auch sie.

Sie trafen aufeinander, er schlang die Arme um sie und küsste sie. Er fühlte, wie das Herz hüpfte, und sein Ich breitete sich aus.

»Markus?«, fragte Dana und ließ die Arme sinken. Er war verschwunden. Lange blieb sie stehen und schaute sich immer wieder um. Mit jedem Blick über ihre Schulter schwand die Hoffnung ein wenig mehr. Sie hörte die Blätter des Lindenbaums rascheln. Eine Straßenbahn nach der anderen kam, entlud ihre Fahrgäste, nahm neue auf und entfernte sich.

»Markus.«

Der Wind zog an ihren Haaren, die Lindenäste streckten sich nach ihr aus. »Ich bin noch hier«, sagte Markus.

Sie hörte ihn nicht und ging. Ein paar Schritte entfernt fand sie den Brief, den er hatte fallen lassen. Unschlüssig drehte sie ihn und führte ihn zu den Lippen. Sie spürte nicht, wie das Papier den Kuss erwiderte.

Wolfgang Lamar

Von Stürmen und Nächten

Der Berg

Erich überlegte, ob der Turm aus Joghurteimern noch standhielt. Erfahrungsgemäß knickten die unteren ab zwei Meter Höhe ein und dann fiel er um. Das mochte Erich gar nicht. Keine Veränderungen, es musste bleiben, wie es war. Sein Leben brauchte die Standhaftigkeit seiner Türme. Auf seinem Wohnzimmertisch lagen die ungeöffneten Briefe, die er noch verbauen musste. Die großen, braunen Umschläge hasste er. Die waren nicht ziegelförmig genug. Die Umschläge in DIN lang liebte er. Die ließen sich im Viereck wie eine Mauer legen. Das war sein stabilster Turm. Mit Hammer und Wasserwaage klopfte er regelmäßig von allen Seiten dagegen, bis die Kanten senkrecht standen. Oft stundenlang, bis es ihn richtig zufriedenstellte.

Es klingelte. War wieder ein Monat um? In seinem Bauch krampfte es bei der Vorstellung, diese merkwürdige Frau vor seiner Tür zu sprechen. Jetzt klopfte es, als ob das Klingeln nicht genug wäre. Er spürte rotes Jucken in der Brust aufsteigen, bis er meinte, die Stirn stände in Flammen.

»Herr Wolter, wir wollen uns nur überzeugen, dass es Ihnen gut geht. Ich bin hier mit Richter Klein vom Betreuungsgericht. Wir möchten kurz mit Ihnen sprechen.«

Erich näherte sich widerstrebend der Wohnungstür. »Ja, was ist denn? Mir geht es gut. Ich brauche nichts. Lassen Sie mich in Ruhe.«

»Die Frau Müller konnte einiges für Sie erledigen.« Das war eine männliche Stimme, der Richter vermutlich.

Warum hört eigentlich niemand auf mich, dachte Erich.

Die Frau redete erneut auf ihn ein, wie auf ein krankes Pferd.

»Ich habe Ihnen wieder eine Krankenversicherung besorgt, waren Sie beim Arzt? Die Kontokarte von der Sparkasse haben Sie auch noch nicht benutzt. Sie haben jetzt Geld, wenn Sie etwas brauchen. Dafür müssen Sie nicht einmal mit Menschen reden. Sie können es sich nachts am Automaten holen.«

Erich glaubte ihr nicht. Wie sollte diese Fremde das können? Was hätte sie davon? »Weiß ich nicht, haut ab!«

»Wären Sie denn mit einer Fortsetzung der Betreuung einverstanden? Es würde sich nichts ändern für Sie. Frau Müller kann Ihnen Hilfe bei vielen Problemen besorgen.« Der Richter war bemüht emotionslos, den Termin abzuarbeiten.

»Ich bin mit allem einverstanden, wenn ihr abhaut.« Erich hockte sich auf den Boden und raufte sich die Haare. Was wollte die Frau eigentlich? Einen Arzt wollte er nicht. Wer sollte ihm Geld aufs Konto schicken? Er hatte keins mehr. Es hatte Zeiten gegeben mit Konto,

Arbeit und Familie. Mit der Erinnerung daran drang ein weiterer Schmerz in Erichs Bauch.

»Sind Sie denn Erich Wolter, geboren am siebten Juni?« Die männliche Stimme klang überdrüssig.

»Ja, bin ich, warum?«

»Dann verlängere ich jetzt die Betreuung um weitere drei Jahre. Ihre gesetzliche Betreuerin sorgt dafür, dass wenigstens die Miete gezahlt wird. Verstehen Sie das?«

»Geht bitte, mir wird schlecht.«

»Die Betreuerin wird nach Ihnen schauen, vielleicht vertrauen Sie ihr doch irgendwann. Wir gehen dann und lassen Sie allein.«

Erleichtert atmete Erich wieder ohne Beklemmung.

Die Knie an die Brust gezogen saß er still auf dem Boden in der Diele. Aus der Wohnküche fiel kein Tageslicht herein. In seiner Kehle brannte es und er fühlte sich gestaltlos, wie zerlaufener Käse. Er versuchte, ohne Geräusch aufzustehen. Nach jedem Knorpelknacken in Bein und Rücken hielt er inne. Niemand, ob die Geister in seinem Kopf oder die Bedrohungen von draußen, sollten seine Schwäche bemerken. Zu seiner Erleichterung regte sich nichts im Hausflur. Ohne Störung schaffte er es bis zur Spüle. Verwirrt suchte er das Glas. Es stand links vom Wasserhahn. Ein Anfall von Angst lähmte ihn. Verzweifelt suchte er nach der Ruhe des Friedhofs in sich. Nach einem bekannten Ruhepunkt für die Augen. Das Wischtuch hing exakt auf der Stange. Das beruhigte ihn. Er beschloss, die Ablauffläche links der Spüle damit zu polieren, bis der Stahl ihm blank genug erschien. Erleichtert stellte er das Glas nach links. Von dort konnte er es ordnungsgemäß in die Hand nehmen. Erich ging mit der Nase nah ans Glas heran. Er fand keine Kalkflecken, daraus konnte er trinken. Zweieinhalb Drehungen am Hahn ließen das Wasser fließen. Erich lauschte dem Plätschern und regulierte den Strahl. Bis er den richtigen Ton traf, der ihn beruhigte. Das Glas konnte befüllt werden. In langen Zügen trank er den halben Liter Wasser. Sorgfältig trocknete er das Glas, bevor er es zurück auf die Spüle stellte. An den richtigen Platz.

»Links das Glas, rechte Stange Wischtuch, linke Stange Trockentuch.«

Beschwörend wiederholte er es dreimal und zupfte dabei an den Tüchern, bis sie exakt Kante auf Kante, Ecke auf Ecke hingen.

Nach dieser Anstrengung saß Erich auf der Couch. Er betrachtete die Funkuhr, die zwischen den Papiertürmen rund um den Couchtisch wie eine Auster wirkte, die sich an Felsen krallte.

Der Minutenzeiger sprang. Tock.

Druckmaschine. Nicht an die Druckmaschine denken, Erich. Tock.

Ehefrau. Nicht an die Ehefrau denken, Erich. Tock.

Kinder. Nicht an die Kinder denken, Erich. Tock.

Gericht. Nicht an die Gerichtsverhandlung denken, Erich. Tock.

Hund. Nicht an den Hund denken, Erich. Tock.

Tock, tock, tock.

Maschine ...

Die Zeiger trafen sich um Mitternacht auf dem Ziffer-
blatt. Erleichtert, dass der Zwiespalt der Zeit endete, erhob sich Erich von der Couch. Zum Glück fand er in der
Diele die Schuhe an ihrer Stelle. Wenn er sie beim Besuch
der Leute versehentlich verschoben hätte, wer weiß, wie
lange es gedauert hätte, ihnen ihren Platz zu geben. Erich
horchte in den Bauch hinein. Das Bauchgrimmen kam
vom Hunger, nicht von der Angst. Beinahe konnte er
losgehen. Ein Blick auf den Wandspiegel zeigte ihm, dass
der Scheitel exakt lag. Wie immer verließ ihn das Gefühl
nicht, dass etwas in seinem Gesicht fehlte. Wie immer
kam er nicht dahinter, was es war. Bevor Erich die Tür
aufschloss, horchte er an der Tür, bis es ihm draußen un-
gefährlich schien. Im Haus herrschte Nachtruhe. Er konzentrierte seine Aufmerksamkeit darauf, den Schlüssel
geräuschlos zu drehen. Kein Geräusch entstand, er war
sehr erleichtert.

Die Autos vor dem Haus standen wieder furchtbar unor-
dentlich. Erich seufzte. Darum wollte er sich nicht kümmern. Hier draußen gab es viele andere Dinge zu beach-
ten. Die Lichtkegel der Straßenbeleuchtung wollten ver-
mieden werden. Zum Glück standen heute keine Mülltonnen an der Straße. Manchmal dauerte es so lange, sie
alle auszurichten, dass er es nicht rechtzeitig zu Bülent
schaffte. Heute würde er es schaffen, er war zuversicht-
lich. Nach einer halben Stunde schleichen kam die Dönerbude an der Ecke zur Hauptstraße in Sicht. Ein paar

hastige Schritte am Ende des Weges konnte Erich nicht unterdrücken. Der Hunger trieb ihn. Er nahm Aufstellung im Licht, das aus dem Fenster der Dönerbude fiel. Die Tür ging auf und der Besitzer steckte den Kopf hinaus.

»Hallo Erich, alles gut?«

»Danke, Bülent, alles gut. Hast du Joghurteimer?«

»Sicher, hab hier zwei leere. Willst du was essen? Hab noch über, kannst du sogar vom Teller essen. Komm doch rein.«

»Du ist echt freundlich, aber ich habe ganz wenig Zeit.«

»Wie du willst, alter Freund, warte, ich hole welche.« Bülent stellte zwei der weißen Eimer vor die Tür.

Mit einem inbrünstigen »Danke« verbeugte sich Erich.

»Da nicht für, alter Freund. Gute Nacht.«

Das Licht erlosch in der Dönerbude. Erich drückte sich die Eimer an die Brust. Einer davon spendete Hitze. Trotz des Deckels war der Geruch nach gewürztem Fleisch beinahe übermächtig. Erich beherrschte den Appetit. Er musste weiter.

Am Friedhof angekommen, hieß es hinter dem Tor die Kreuze zu zählen, am sechsten den Weg rechts, zwei kreisförmige Grabsteine, dann hinter der Bank das nächste Grab. Der Eimer war nur noch lauwarm. Erich fragte sich, ob er etwas ändern müsse. Nein, nein, es geschah ihm nur recht. Kaltes Essen war gut genug für ihn. Hier brauchte er außerdem nicht allein zu essen.

»Hallo Melanie«, sagte er und stellte die zwei Eimer neben sich auf die Bank.

»Hallo Papa«, antwortete die Stimme in seinem Kopf.

Erich stand auf und legte sich mit einem Ohr auf das Grab.

»Steh auf, Papa, du wirst krank«, sagte die Stimme in seinem Kopf. Das Grab blieb still.

Erich zog seine Gabel aus der Innentasche der Jacke. Als er den Deckel vom Joghurteimer zog, rann ihm der Speichel über die Lippen.» Oh Melanie, riecht das gut, ich esse jetzt. Erzähl mir, wie war dein Tag? Ach, schau mal, hier ist ein Börek.« Erich legte das knusprige Teigröllchen zu Melanie aufs Grab.

Der eine Eimer war leer gegessen. Im Abfallkorb neben der Bank fand Erich eine Zeitung. Sorgfältig wischte er damit den Eimer sauber und trocken. Er konzentrierte sich so sehr darauf, dass er für eine halbe Stunde nicht einmal mehr Melanie hörte.

Diese Nacht verzichtete auf Wind und Regen. Erich beschloss, zu bleiben.

»Erinnerst du dich an den Tag, an dem der Himmel so unglaublich rot war und ich euch Kindern erzählt habe, dass die Engel Plätzchen backen?«

Melanie antwortete nicht.

»Du bist sicher sehr müde. Schlaf einfach weiter.«

Mit den Händen auf den Oberschenkeln sitzend ließ er sich von den Geräuschen der Nacht unterhalten. Die Pausen zwischen dem Schaben, Rascheln und Krächzen waren zum Glück lang genug, dass seine Ängste nicht eskalierten.

Irgendwann hörte er den ersten Gelenkbus fahren. Die Zeit zum Aufbruch. Erich wollte zuhause sein, bevor die Straßen voller Menschen waren. Aufmerksam tastete er nach dem Aufstehen Jacke und Hose ab. Beruhigt spürte er die vertrauten Dinge. Schlüssel, Besteck, die Tiefkühltüte mit den Papieren darin. Ein hilfloser Wink zu Melanie, dann beendete er seine Wache.

Im Treppenhaus brannte Licht. Verunsichert tippelte Erich vor dem Hauseingang auf und ab. Licht war nicht üblich um diese Zeit. Was war heute los mit der Welt?

Das Flurlicht erlosch, bevor jemand kam. Erich schloss auf. Vor den Briefkästen im Flur suchte er den richtigen Standpunkt. Langsam zählte er bis zehn und versuchte, sich zu beruhigen. Ach, besser bis hundert zählen.

Bereit. Er öffnete die Klappe des Kastens. Darin zwei Briefe. Erich versuchte, die Umschläge zu erkennen, ohne sie zu berühren. Möbelhaus und Lotto. Das ergab stille Ziegel für den Turm, die gut zu verarbeiten waren. Vor dieser Post hatte er keine Angst. Geräuschlos erstieg er die Treppe.

Klackernd ließ ein Relais das Licht im Treppenhaus angehen. Eine Tür knallte, Schlüssel klirrten und Stiefel donnerten auf der Treppe. Erich erstarrte.

»Guten Morgen!« Mit einem Windzug streifte ihn eine

Gestalt mit bunt gefärbten Haaren. Hinter seinem Rücken verstummte der Lärm.

»Huch, habe ich Sie erschreckt?«

Erich drehte den Kopf zur Gestalt. Ihr Gesicht blinkte von Ringen und Piercings wie der Sternenhimmel vor der Tür.

»Du meine Güte, siehst du scheiße aus. Was hast du denn in der Nacht getrieben? Ich wohne jetzt hier. Auf gute Nachbarbarschaft. Ich muss, der Bus, weißte Bescheid! Tschüüüss.«

Bevor Erichs Angst aufkam, tobte die Frau bereits wie ein Wirbelwind zur Straße.

Ratlos stand Erich auf der Treppe. Wie er sich fühlte, wäre er voller Leben wie diese Frau?

Erich kam ohne weiteren Zwischenfall in die Wohnung. Er legte die Briefe auf einen Turm. Erleichtert schritt er zum Spülstein. Im Stehen futterte er den zweiten Joghurteimer leer. Bulgur mit Gemüse, lecker. Danach spülte er eine Stunde alles gründlich ab und stellte die Eimer in den Turm.

Endlich kam die Zeit fürs Sofa. Erich nahm Platz. Er wartete.

Das Tal

Die Tage zwischen Bad putzen, Küche putzen und Papiertürme zurechtklopfen verliefen. Ein Einheitsbrei, in dem sich Erichs Ängste versteckten und keine Schmerzen bereiteten. Er wunderte sich, dass kaum noch Post kam. Es erleichterte ihn. Briefe zu Türmen zu stapeln war ihm nie rechtens erschienen.

Erich kam planmäßig von der nächtlichen Friedhofswache nach Hause. Er öffnete den Briefkasten. Ein einzelnes Kuvert leuchtete ihn an. Mit zwei Fingern nahm er es heraus. Ein kleines rotes Herz klebte auf der Spitze der Verschlusslasche. Er hörte Frau Wirbelwind auf der Treppe nahen. Hastig steckte er das Kuvert in seine Jacke. Sie machte ihm keine Angst mehr. Ihre Lebendigkeit zog ihn an. Die Kinder waren Wirbelwinde wie sie gewesen.

»Moin, Alter. Was ist passiert? Du bist ja richtig rot im Gesicht. Alle gut?«

»Guten Morgen. Danke, alles in Ordnung. Einen schönen Tag wünsche ich Ihnen.«

Frau Wirbelwind grinste Erich mit metallglitzerndem Gesicht an.

»Mensch, das war ja 'ne Rede. Mit uns, das wird noch was Großes, wart's ab.«

Erich überlegte an der Antwort, doch die Haustür fiel bereits ins Schloss. Sofort stand ihm das Kuvert vor Augen. Das Grün brachte sein Herz zum Flimmern, sein Bauch krampfte zu einem Block Basalt zusammen. Mit beiden Händen hielt Erich sich am Treppengeländer fest. Mühsam schleppte er seine Last in Seitwärtsschritten die Treppe hinauf.

Hinter seiner Wohnungstür holte er den Briefumschlag hervor. Der sprang ihm wie ein lebendes Wesen aus der Hand. Erleichtert ließ Erich ihn auf dem Boden liegen. Auf Zehenspitzen trug er seine nächtliche Sammelbeute darum herum zum Spülstein. Erich vollzog seine Routinen. Die gewohnte Ruhe wollte nicht zu ihm kommen.

Die Uhrzeiger schoben sich übereinander, um Mitternacht anzuzeigen. Erich war für die neue Nacht bereit. In der Diele erstarrte er. Der Brief. Das grüne Kuvert leuchtete im Grau der übrigen Wohnung. Eine Schlange, die den Ausgang versperrte. Wie eine Tanzmaus huschte er vor, zurück und seitwärts. Sein Hunger trieb ihn an, nicht genug, um über das Hindernis zu steigen. Schwitzend stand Erich eine Weile da. Was würde Melanie sagen, wenn er heute nicht käme? Sie allein lassen? Nein! Welchen Sinn hätte sein Leben dann? Vielleicht war das Ding nicht gefährlich. Er beugte sich vor, um genauer nachzuschauen. Auf dem Umschlag stand seine Anschrift in einer klaren runden Frauenschrift. Er blinzelte auf den Absender.

Abs.: A, A, A, A – Ahhh! Erich schlug sich die Hand vors Gesicht. Das durfte er auf keinen Fall in seinen Kopf lassen. Mit einem Kängurusprung rettete er sich zur Tür. Weg, weg von hier.

Im Joghurteimer war kein Börek gewesen. Er hätte Melanie gern diese kleine Freude bereitet. Sein nächtlicher Posten verschaffte Erich an diesem Tag nicht die gewohnte Ruhe. Alles Grau trug einen grün fluoreszierenden Rand. Die Geräusche klangen wie lang gezogene Echos eines A in den Ohren.

»Melanie, meinst du, ich könnte verrückt werden?«

Er hörte keine Antwort. War ja ein bisschen viel verlangt von einem Kind, diese Frage zu beantworten, dachte sich Erich.

Lange bevor der erste Linienbus das Zeichen zum Aufbruch gab, erhob sich Erich. Die Straßen waren leer. Die Fahrräder wucherten um die Alleebäume. Der Wind blies ein paar Tüten Plastikmüll über die Straßen. Der Geruch von Pisse steckte dick in seiner Nase. Dieses verdammte grüne Kuvert. Wenn er darum herumdenken, es wegschieben könnte ... Eine Reihe Mülltonnen auf dem Gehweg kam ihm zur Ablenkung wie gerufen. Umständlich schob er sie hin und her, bis sie exakt aufgereiht waren. Eine tanzte aus der Reihe. Die Tonne war überfüllt, der Deckel stand auf. Die gestörten Linien regten ihn furchtbar auf. Wenn Erich sich krumm vorkam, gehörten wenigstens die Dinge in exakte Reihen. Ein gammliger Besenstiel verhinderte, dass der Deckel schloss. Beherzt schlug Erich den Deckel zurück, um das Problem anzugehen.

Grün. Grünes Papier, grüner Salat, grünes Glimmen der Fäulnis und durch alles brannte sich die Adresse in seine Netzhaut. Erschrocken wich Erich zurück. Er hatte die Adresse vor Augen. Er brachte es nicht fertig, sie zu lesen. Die Angst vor den Erinnerungen ließ ihn schnappatmen. Seine Glieder kribbelten vom Sauerstoffüberschuss. Erich suchte nach einem Ausweg. Seine Hände fanden den abgebrochen Besenstiel. Er holte ziellos mit dem Stock aus und traf seine Stirn. Der Schlag überraschte ihn. Der Schmerz ließ ihn fühlen. Ein Gefühl ohne Angst, Enttäuschung oder Verlust. Er und sein Schmerz. Befreit schlug er einmal, zweimal, mehrmals in sein Gesicht. Seine Augen brannten vom Blut. Erstaunt bemerkte Erich das Lebendigsein, das der Schmerz hinterließ. Die Adresse verlosch nicht. Leuchtend schmolz sie sich bis in seinen Kopf. Er richtete seinen hilflosen Zorn von seinem Kopf gegen die Tonne. Er schlug auf sie ein, bis die Hände brannten. Bis auf ein paar scharfe Splitter in der Hand war der Besenstiel zerfetzt. Sinnlos, das Grün in der Tonne stammte nur von einer Plastiktüte.

Das scharfe Reißen hochgezogener Rollläden lenkte ihn ab. Eine wüste Beschimpfung folgte. Flüche über hirnlose Idioten hallten durch die Straße. Die Angst ließ ihn rennen. Jeder Pulsschlag hämmerte hinter seinen Augäpfeln. Er hätte sich verlaufen, wäre er nicht ungezählte Nächte durch die Stadt gestreift. Bevor ihn die letzte Kraft verließ, tauchte sein Hauseingang auf. Er schaffte es nicht, die Schlüssel aus der Tasche zu ziehen. Erich hielt sich die Hände vor Augen. Steif, blutig und mit Holzsplittern darin konnte er seine Finger nicht zusammenbringen, um zu greifen. Der Schlüssel blieb unerreichbar in seiner Hosentasche. Tränen tropften auf die Hände. Seufzend entfuhr ihm die letzte Energie. Erschöpft rollte er sich im Dunkeln auf den Stufen zusammen.

»He Alter, aufstehen! Was los? Gesoffen?«

Erich zuckte zusammen, schmerzhaft stieß sein Hinterkopf an die Hauswand.

»Ach du je, hast du dich geprügelt?«

Erichs Augenlider klebten aneinander. Er hätte gerne gesehen, wer ihn ansprach. Ein Klirren von metallenen Ringen erinnerte ihn an Frau Wirbelwind. Seine Antwort war Krächzen, das in einem trockenen Husten versank.

»Na komm, Alter, ich helf dir auf und bring dich ins Krankenhaus. Wenn der Scheiß eitert, wird das hässlich.«

Oh weh, Krankenhaus! Menschen, Enge, Erichs Magen krampfte.

»Nein, keine Menschen, keine Menschen.«

»Ach, jetzt klappt das Reden wieder? Was ist, Angst? Oder hast du Strang vor den Bullen?«

Erich wand sich innerlich. Wie sich hier auf der Eingangstreppe einer Fremden erklären? Hilflos abwehrend warf er den Kopf hin und her.

»Au Mann, du bist vielleicht Scheiße drauf! Aber war ja klar, dass diese olle Bruchbude eine Zuflucht für die Bekloppten der Stadt ist. Hast du ein Glück, dass ich auch bekloppt bin.«

Erich fühlte sich von hinten gepackt und kraftvoll auf die Beine gestellt.

»Lehn dich an, ich schaff dich rauf in meine Bude. Mal sehen, ob ich dich ein bisschen aufhübschen kann.«

Erichs Herz klopfte bis zum Hals. Zitternd setzte er einen Fuß vor den anderen. Die Rippen von Frau Wirbelwind drückten an seine. Dahinter antwortete ihm ihr Herz, kraftvoll und unverzagt.

»Hau dich da in den Sessel. Ich besorg mal was, mit dem ich den Dreck von dir runterkriege.«

Erleichtert plumpste Erich in Frau Wirbelwinds Ohrensessel. Eine Wellenfeder drückte durch den mageren Hintern auf seinen Beckenknochen. Bevor er es schaffte, sich zurechtzusetzen, schlief Erich ein.

Jemand kniff in Erichs Wange. Er schlug er die Augen auf.

»Hey!« Der Ausruf setze bei Erich einen heftigen Auswurf in Gang. Frau Wirbelwind reicht ihm ein Papiertaschentuch. Erich griff danach. Erschreckt hielt er inne, als er seine Hände sah. Geschwollen, voll blauer Flecke und Schnitte sahen sie aus wie nach einem Abend im Fightclub.

Frau Wirbelwind musste ihn gewaschen haben. Das Blut war weg.

»Du hast dich selbst verletzt, kann das sein?«

Erich hatte keine Antwort für Frau Wirbelwind. Er würde jetzt lieber Umschläge oder Joghurteimer zählen. Vertraute und stille Dinge, vor denen er keine Angst hatte. Er rutschte auf die Kante der Sitzfläche und versuchte, seine Schuhe zu sehen.

»Du musst nicht reden. Magst du kurz zuhören?«

Wenn das der Preis war, um hier wegzukommen ... Erich nickte zustimmend.

»Erstens: Du bist nichts Besonderes mit deinen Problemen, andere Menschen haben auch welche.«

Frau Wirbelwind hielt ihm ihre Unterarme hin. Kleine

und große wulstige Narben bildeten ein wirres Muster. Erschreckt hielt sich Erich die Hände vor Augen. Seine Unterarme schmerzten mit.

»Zweitens: Verstecken und Angst haben hilft nichts. Wenn sich in der Welt etwas ändert, bleibst du davon nicht unberührt. Drittens: Hau ab jetzt, ich hab noch andere Sachen zu tun. Wenn du reden willst, klingel einfach. Wenn ich Lust dazu habe, mach ich auf.«

Erich war froh. Das kam ihm alles zu nah. Außerdem gab es nichts Vertrautes in der Wohnung. Kahle Wände, ein Tisch, zwei Sessel. Wie konnte die Frau so leben? Mit steifen Schritten machte Erich sich auf den Weg. Mit ein paar handfesten Knüffen von Frau Wirbelwind versehen betrat Erich seine Wohnung. Stöhnend rutschte er an der Tür hinunter auf den Dielenboden. Das Kuvert lag da. Erich spürte nicht mehr die geringste Kraft in sich, um darüber hinwegzukommen. Zusammengesunken, verängstigt blieb er hocken.

»Erich, Erich, du weißt, von wem der Brief ist. Was soll dir der Brief tun? Wenn es eine Veränderung ist, vielleicht ist es eine, die nicht wehtut. Trau dich.«

Er sprach einige Zeit leise vor sich hin und suchte Mut. Ob Frau Wirbelwind ihm den Brief öffnete? Erich stellte sich ihre Reaktion vor.

»Alter, zieh ma Bauch ein und Kinn vorstrecken. Pose hilft.«

Erich steckte das Kinn vor. Er nahm das Kuvert auf.

»Anna-Lotta«, las er laut. »Du wolltest nie deinen richtigen Namen schreiben. Anna-Carlotta heißt das.«

Er las weiter.

»Calle Major.

Teneriffa.

Spanien.«

Annas Adresse auszusprechen erschien ihm leichter, als vor dem Kuvert zu hocken. Ein Brief von Anna-Lotta. Sie war seine Tochter, egal ob sie sich losgesagt hatte, oder? Tatsächlich hatte sie Folgendes gesagt: »Papa, nerv uns nicht!« Am nächsten Tag fuhr sie mit ihrem Mann nach Spanien. Erich hob das Kuvert auf. Er schlurfte in die Küche, trank Wasser, bis sein Hungergefühl besänftigt war. In seinem Kopf jagten sich die Bilder seiner Kinder, seiner Frau, von Ferien am Meer. Krampfhaft blinzelte er. Er kam gegen das viele Wasser nicht an. Es suchte sich zusammen mit den verwirrten Gefühlen einen Weg. Er weinte.

Die Ebene

Erich suchte seinen Ort. Waren seine Augen auf? Ein paar fahle Streifen Licht von einer Straßenlaterne oder von der Sonne, die durch die Rollläden drang, seine Augen waren viel zu verklebt, um zu sehen. Mühsam rollte er die Beine vom Sofa. Sitzend erreichte er die Stehlampe und schaltete das Licht an. An seiner linken Hand klebte das grüne Kuvert. Mit einer Flüssigkeit aus seinen Wunden war es eine feste Verbindung eingegangen. Ein trockenes Lachen würgte sich aus seiner Kehle. Kinder blieben das ganze Leben im Herz der Eltern.

Er schaute seinen Händen zu. Sie zitterten. Der Körper fühlte, die Ordnung war gestört. Erich keuchte, in seinem Nacken knirschten die Knorpel unter den Muskelkrämpfen. Die Angst vor der Welt drückte seine Brust zusammen. Kein Schrei, kein Jammern und Stöhnen brachte ihm Erleichterung. Dann knipste die Angst die Welt um ihn herum aus.

Nach Stunden der Erstarrung erschlaffte Erich. Die Kräfte waren verbraucht. Es raschelte zwischen seinen Fingern. Das Kuvert klebte immer noch daran. Der Zeigefinger war dick geschwollen und aus einem Riss an der Seite quoll Eiter. Ein Brief von Anna. Wovor hatte er nach Jahren der Leere, ohne Kinder und Familie Angst? Jetzt spürte er gar nichts mehr beim Anblick des Kuverts. Jetzt konnte er es öffnen. Es kam ja von seinem Kind. Das Mädchen, das er beschützt und getragen hatte. Was war dabei? Das war doch nur Papier. Aber da waren bestimmt Worte drin. Verletzende Worte vielleicht oder unangenehme Wahrheiten. Erich schaute sich suchend um. Nach etwas, das ihm Kraft schenken könnte. Die vergilbten Pfeiler aus ungeöffneten Briefen standen ungerührt und gaben nichts preis. Wo waren seine Dinge, die Erinnerungen bargen, geblieben? Er dachte an die Kisten im Schlafzimmer. Ungeöffnet verschlossen sie die Reste seines alten Lebens. Er war doppelt gesichert vor ihnen durch die verschlossene Zimmertür.

Gegen den Brief, der an seinen Händen klebte, gab es keine Sicherheit.

Er riss das Kuvert an der Seite auf. Ein einzelnes rosa Blatt zog er heraus. Einmal bis hundert zählen, zur Sicherheit besser bis tausend, so viel Selbstschutz musste schon sein, fand Erich.

»Eintausend.«

Das rosa Blatt flatterte in Erichs Fingern. Ihm fiel nichts mehr ein, um das Lesen zu vermeiden.. Er faltete das Blatt auf und las.

Hallo Papa,

Mama hat mir erzählt, dass es dir nicht gut geht. Ich bin immer noch sauer, dass du dich nie gemeldet hast, aber einer muss ja damit anfangen.

Uns geht es hier gut. Wir überlegen nur, ob die Kinder vielleicht in Deutschland zur Schule gehen sollen. Außer im Tourismus zu arbeiten, kann man hier ja nicht viel anfangen. Ruf uns doch einfach mal an und lass uns versuchen, miteinander zu reden.

Liebe Grüße

Anna-Lotta

Darunter stand ihre Handynummer. Das war es. Sehr kurz. Erich horchte auf seinen Herzschlag. Unverändert. Zur Sicherheit las er noch einmal nach. Weiterhin unverändert. Erich erkannte die Gegenwart des Briefes als völlig harmlos. Es war die verfluchte Vergangenheit, die schmerzte.

Wo hatte er eigentlich Telefongroschen, überlegte Erich. Ihm fiel auf, dass er mindestens zehn Jahre nicht telefoniert hatte. Mit wem hätte er reden sollen? Ob die Frau Wirbelwind ihn telefonieren ließ?

Sein Funkwecker zeigte vier Uhr. Oder war es sechzehn Uhr? Er wusste es nicht. Er rappelte sich mit rudernden Armen vom Sofa auf.

Er hörte die Stimme im Kopf. Sie sprach wie Frau Wirbelwind.

»Boah, Alter, du bist echt scheiße drauf. Wenn sich nichts ändert, könntest du jetzt genauso gut tot umfallen. Willst du das?«

Nein, wollte er nicht. Er war aufgestanden, weil er telefonieren wollte. Annas Stimme hören, aber wenn ... Wenn dies und wenn das, angstvoll krampften seine Eingeweide.

»Verdammt, das ist nur Hunger. Hörst du, du verdammte Angst, du bist nur Hunger!« Erich schaute an sich herab. Ein fadenscheiniges Hemd, eine Hose, die mindestens drei Nummern zu groß um seine Hüften schlotterte. Die Hände mit Krusten und schlecht heilenden Rissen bedeckt, eine schmerzende Stirn, von der er froh war, dass er sie nicht sah. Was hatte die Angst nur aus ihm gemacht?

Nachdem er ein paar Joghurteimerstapel in der Küche versetzt hatte, entdeckte er im Hängeschrank vierzig Dosen Baked Beans. Er erinnerte sich nicht, aber die waren bestimmt zehn Jahre alt. Denn in der Küche hatte er mit dem Eimerstapeln begonnen. In der ordentlich eingeräumten Schublade lag der Dosenöffner und wartete auf Arbeit. Erichs Magen knurrte beim Anblick dieser Herrlichkeit und die Gier übernahm für eine Zeit die Herrschaft.

Erich hockte zwischen den leeren Dosen Bohnen.

»Duschen und frische Klamotten wären jetzt angesagt. Glaub ich.«

Duschen, er hatte nicht mehr geduscht, seit sie ihm den Strom abgestellt hatten. Aber er hatte Klamotten. Einen ganzen Schrank voll. »Zusammen mit der Erinnerung«, flüsterte die Angst in seinem Kopf.

Das Aufstehen war einfach. Die Bohnen waren klasse. Zehn Jahre Dose hatten ihnen nichts von der Energie genommen. Das kleine Hoch verschwand, je näher er der Schlafzimmertür kam. Vor zehn Jahren war er weinend vor dem Trennungsschmerz darin geflohen. Aber das Zimmer war noch da. Erich horchte in sich hinein. Da war kein Schmerz. Die Angst hatte längst die Vergangenheit überwuchert. Zögernd griff er nach dem Schlüssel, der steckte. Drehen, nicht, drehen?

»Du hast den ersten Schritt doch gemacht. Sei wie die Bohnen, voller Energie!«

Erich drehte den Schlüssel, drückte entschlossen die Tür auf und trat blindlings einen Schritt vor. Keuchend blieb er stehen. Die Angst wollte nicht aufhören, mit jedem Atemzug kribbelte der Sauerstoff mehr, zauberte bunte Lichter vor die Augen. Mit letzter Kraft hielt er sich Mund und Nase zu. Luftstöße quietschten zwischen seinen Fingern. Der Gegendruck beruhigte den Atem. Langsam klärte sich die Sicht wieder. Die Umzugskisten standen still. Aufgestapelt wie beim Einzug. Die Matratzen im Bett hochgestellt gegen Feuchtigkeit. Ein wenig trockener Staub, der in der Nase kitzelte, etwas Bedrohlicheres gab es nicht. Misstrauisch wartete Erich auf ein neues Flackern der Angst. Das Zimmer blieb, was es war, ein Raum mit abgestellten Kartons und Erinnerungen. Erinnerungen, die endgültig verschwanden, als er den Lichtschalter drückte. Unter dem Schein der nackten Glühbirne gab es keine Schatten.

Licht? Strom! Wieso hatte er wieder Strom? Ob das an der Frau lag, die mit dem Richter an der Tür geklopft hatte?

»Verdammt, ich habe Strom, warmes Wasser, duschen, duschen, duschen.« Duschen war eine schöne Erinnerung. Das hätte er wirklich eher merken müssen. Erich rannte ins Bad. Er schmiss die gestapelten Eimer aus der Duschtasse, riss sich die Kleider vom Leib und drehte am Hahn. Es rumpelte in der Leitung, Luft zischte, dann klackte ein Relais am Durchlauferhitzer. Eiskalt klatschte das Wasser auf Erichs Kopf. Bevor er fliehen konnte, hüllte ihn Dampf ein. Wilde Freudenschreie entfuhren ihm. Erschreckt hielt er unter dem strömenden Wasser still. Niemand und auch nicht die Angst kam, um ihn für die Freude zu tadeln.

Tropfend stand Erich vor seinem Schrank. Handtücher waren zum Glück eingeordnet. Er nahm sich eines und roch misstrauisch daran. Alles in Ordnung damit. Er rubbelte und rubbelte, aber aus seinem Haar tropfte und tropfte es. Erstaunt sah er rechts und links auf die Strähnen, die über seine Schultern fielen. Wann waren die Haare so lang und so grau geworden? Egal jetzt, Erich, beeil dich, bevor Frau Wirbelwind weg ist oder du den Mut verlierst.

Aufgeregt wurde Erich beim Anblick des Kleidersacks, der an der Stange hing. War der Anzug tragbar? Er riss entschlossen den Reißverschluss auf. Ihm war es ohnehin gleich, wie der Anzug aussah. Er konnte nur besser sein als die abgetragenen Sachen, die er vor Jahren aus dem Sammelcontainer gezogen hatte.

Nun stand Erich in seiner Diele. Der Anzug war ihm zu groß. Der Anzugkragen kratzte im Nacken, aber er hatte nur kragenlose T-Shirts. Die Füße guckten blass mit verwachsenen Nägeln unter der Hose vor. Ihm dämmerte, dass er sich vernachlässigt hatte. Das rosa Blatt auf dem Couchtisch drängte ihn, telefonieren zu gehen.

Erich schaute auf das Klingelschild von Frau Wirbelwind. Sie hieß Jessica. Er murmelte den Namen mehrmals vor sich hin und fasste sich ein Herz. Er drückte den Klingelknopf. Hinter der Tür schrillte die Klingel laut. In Erichs Ohren klang sie empört. Er drückte ein zweites Mal. Wenn eine Klingel angepisst tönen konnte, dann war es diese. Aber niemand kam an die Tür. Erich fühlte, wie ihn der Mut verließ. Nach der Anstrengung erschien ihm das ungerecht. Er drückte den Klingelknopf und ließ die Klingel seinen Missmut durchs Haus schrillen. Nichts, enttäuscht drehte er sich um. War ja klar.

Aber vielleicht war sie einfach nicht da. Er wusste nicht, wie viel Uhr es war. Sie konnte arbeiten sein. Aber ob die Bohnen ihm noch einmal so viel Energie geben würden?

Ein Luftzug, gefolgt von einem Ausruf ließ ihn einhalten.

»Alter! Wie siehst du denn aus? Hast du deinem Opa den Anzug geklaut?« Erich drehte sich um. Frau Wirbelwind, Jessica, grinste ihn an.

»He, war'n Witz. Du hast dich gewaschen, sehe ich. Kannst reinkommen.«

Erich hielt Annas Brief hoch. »Kann ich bei Ihnen meine Tochter anrufen? Mir ist das unheimlich wichtig.«

»Sicher dat, komm erst mal rein. Oder willst du rumstehen dabei?«

Erich fühlte sich euphorisch über seine Leistung. Er bemerkte kaum, wohin er seine Füße setzte. Jessica drückte ihn sanft in einen Sessel. Er faltete die Hände im Schoß und setzte sich an der Kante der Sitzfläche aufrecht hin. Auf der anderen Seite des Couchtisches fläzte sich Jessica in ihren Sessel und schaute ihn an. Aus den enormen Lautsprechern zu beiden Seiten des Sofas erklang Meeresrauschen. Erich hätte gerne etwas gesagt. Aber diese Frau in diesem hellen Zimmer mit seinen warmen Farben passte in keine Schablone, die er für den Umgang mit Menschen bereithielt. Er schwieg ratlos.

»Hast du dich ein bisschen erholt?«

Erich zuckte zusammen. Die Geräusche des Meeres hatten ihn in andere Zeiten entführt. Schöne Zeiten.

»Ja, Frau Jessica.«

»Dann komm zur Sache. Jessica genügt, ich brauch keine Förmlichkeiten.« Sie reichte ihm eine spiegelnde Scheibe mit silbernem Rahmen. Erich nahm es ratlos in die Hand. Er kannte die Dinger vom Sehen. Auch nachts lief ja beinahe jeder damit herum. Wo waren nur die Wähltasten? Er hatte nicht die mindeste Ahnung, wie er dieses Ding bedienen sollte.

»Erich, Erich, du bist völlig aus der Welt gefallen, was? Gib mal her, auch den Brief. Ich wähle für dich. Dann hältst du hier das Ende ans Ohr. Der Rest ist telefonieren wie früher. Kriegst du deine Nerven noch für einen Moment zusammen?«

Erich nickte. Er rieb sich die schwitzenden Hände an der Hose und wünschte sich in seine dunkle Festung mit den wehrhaften Türmen zurück.

Aus dem Smartphone an seinem Ohr kamen Wählgeräusche und Knacken. Das wenigstens war noch wie früher.

Tüt.

»¿Dígame?«

Eine Männerstimme, Erich hätte jetzt aufgelegt, wenn er bei diesem Ding gewusst hätte, wie das ging.

»Äh, Hallo, ich bin Erich. Ist das nicht Annas Nummer?«

»¿Anna? Es sólo un momento.« Er rief laut nach Anna, hastige Schritte waren zu hören.

»¿Díga?«

»Ja, hallo, hier ist Papa. Ja, also.« Erich verlor den Faden, seine Stimme.

Jessica hielt ihm beide Hände mit gerecktem Daumen vor die Augen. Ihr begeistert zustimmendes Nicken wurde begleitet vom Klirren ihrer Piercings.

Ein lang gezogenes »Papaaaaa« vom anderen Ende der Leitung enthob Erich von einer Reaktion.

»Papa, ich habe ehrlich nicht mehr damit gerechnet, dass du anrufst. Es ist schon so lange her, dass ich dir meine Nummer geschickt habe. Mama meinte, du hockst immer noch verrückt in deiner dunklen Bude.«

Verrückt in seiner Bude, so sah ihn die Welt? Das stimmte nicht, fand Erich. Er hatte Angst. Das passiert eben, dass ein Mensch Angst hat vor dem Leben.

»Papa? Bist du noch da?«

Jessica hielt Erich einen Zettel vor die Augen.

Nein, ich bin nicht verrückt. Es ging mir nicht gut. Aber ich rufe dich ja jetzt an.

»Sag ihr das. Glaube einfach daran.« Jessica flüsterte es Erich ins andere Ohr.

»Nein, Anna, ich bin nicht verrückt. Ich war krank. Aber jetzt rufe ich dich an. Wie lebst du denn jetzt?«

»Ach Papa, es tut mir ja so leid. Ich hatte hier auch ein paar Probleme.«

Erich fühlte, wie einer der harten Knoten in seinem Inneren sich löste.

Das Gespräch holperte. Die Trümmer des alten Lebens lagen ihnen dabei im Weg. Aber sie redeten. Nach einer gefühlten Ewigkeit beendete Anna das Gespräch und Erich sah sich wieder Jessica gegenüber.

»Für so'n alten Paranoiker war das gar nicht schlecht.«

»Danke, Jessica, warum sind Sie eigentlich freundlich zu mir?«

»Da müsste ich dir meine Lebensgeschichte erzählen. Ich sag mal, Karmapunkte. Ich sammle Karmapunkte. Außerdem weißt du eigentlich, was für unglaublich blaue Augen du hast? Ich bin mir sicher, deine Ex hat dich dafür zuerst gemocht. Los, wir machen ein Selfie von dir und schicken es deiner Tochter. Das freut sie bestimmt!«

Jessica hockte sich neben Erich auf den Boden und hielt das Smartphone hoch.

Auf dem Bildschirm erkannte Erich zwei schillernde Typen. Ein alter Indianer mit langen grauen Haaren und eine lächelnde Frau, deren grüne Augen ebenso blitzten wie das Metall in ihrem Gesicht.

Erich entdeckte in seinem Gesicht etwas Neues. Nein, nichts Neues, etwas das er lange nicht gesehen hatte. Ein kleines Lächeln in den Mundwinkeln.

M.D. Grand

Die Tinte wie Blut auf deinem Körper. Die Feder dringt tief, das Schwarz zerreißt dein unbeflecktes Weiß. Breitet sich aus wie eine zweite Sonne, wie Eis auf deiner Haut. Ich ritze meine Worte, kerbe sie in weiches Fleisch. Du saugst sie auf, isst dich satt an ihrer Schwere, glänzend feucht die Spuren meiner Entweihung.

Du bist. Meine grob gewebte Geliebte. Meine verstoßene Göttin.

Mein Schwung liebkost das feine Muster deiner Adern, benetzt dein Herz mit dunklem Gift. Dein raues, blasses Matt, es wiegt sich flüsternd unter meinen Fingern, zieht eine Spur aus Herzblut über mich.

Du bist. Meine dunkle Mätresse. Die Herrin meiner Schrift.

Stück für Stück übertrete ich die letzte deiner Grenzen, mein heißer Kuss durchdringt dich, beschädigt deinen bleichen Glanz. Ich gehe auf in deinen Schmerzen, berausche mich an deinen Wunden, dein malträtiertes Weiß ein Meer aus Schwarz. Mal um Mal ergießt sich meine Seele auf dein stummes Warten. Du nimmst sie mit dir, trägst sie fort.

Jetzt bin ich. Dein.

June Is

Der Zeiger sprang auf 11:34 Uhr.

Iris ordnete die Formulare an ihrem Bankschalter.

11:35 Uhr – eine Tür sprang auf und ihre Kollegin, Frau Holm, kam herein.

11:36 Uhr – ein Blick auf die Armbanduhr. Bald würde Mittagspause sein.

11:37 Uhr – ein Schuss. Zwei Kunden warfen sich auf den Boden, während ein Verrückter zu Iris stolperte.

Sie schluckte.

»Eine kleine Haselmaus zog sich mal die Hosen aus, zog sie wieder an und du bist dran. Eine kleine Haselmaus …« Der Fremde, dessen Gesicht sich hinter einer Hühnermaske verbarg, richtete eine Waffe auf Iris.

»Ey, das sehe ich!« Eine Kugel zischte an ihrem Kopf vorbei und ließ sie zusammenzucken. Offensichtlich hatte ein Kollege versucht, unauffällig nach dem Notknopf unter dem Bankschalter zu tasten. Hinter Iris kollabierte ihr Kollege Dominik Maier.

Kollegin Holm am Infoschalter daneben schrie »Domi!« und übergab sich auf dem neuen Teppich des Kundenraums.

»Eine kleine Haselmaus zog sich mal die Hosen aus, zog sie wieder an und … « Der Bankräuber unterbrach sich selbst: »Oh, so viel Sauerei. Machen Sie das weg, mir wird übel!« Der Maskierte schrie es.

Keiner gab einen Laut von sich. Iris richtete sich auf. *Denke immer daran, was dein Urgroßvater getan hätte. Handle weise* .»Ich nehme an, Sie wollen Geld? Ich kann das für Sie arrangieren.« Iris' Stimme zitterte. Sie blätterte dem Räuber die an ihrem Schalter verfügbaren Banknoten hin. »Das sind ungefähr 5.990 Euro. Mehr gibt es nicht.« Sie zwang sich, nach hinten zu schauen, wo die Holm mit Tempos über den Boden wischte. »Mein Kollege ist momentan unpässlich …« Wieso sah sie Domis Gesicht nicht? Nur seine Anzughosen und die auf Hochglanz polierten Lackschuhe ragten unter dem Schalter hervor. *Reiß dich doch mal am Riemen, Iris.*

Der Maskierte verharrte, flüsterte immer wieder: »Eine kleine Haselmaus zog sich mal die Hosen aus, zog sie wieder an und … «

11:53 Uhr. Iris griff sich an den Hals. Nein, sie wollte jetzt durch diesen Reim keine Extradosis Erinnerung an ihre Schwester Helene bekommen. Nein, nein, nein! Iris schloss ihre Augen. Sie hoffte, dass dieser Albtraum bald vorbei war. Die Uhr gegenüber zeigte mittlerweile 11:57 Uhr, während der Maskierte fast gemütlich das Geld einpackte. Er legte die Waffe nicht aus der Hand, sondern schob damit die Scheine in einen dreckigen Beutel.

11:59 Uhr. Würge- und Wischgeräusche drangen von hinten zu Iris. *Die Holm muss doch bald mal mit der Putzerei fertig sein!*

Die Hühnermaske hatte endlich alles Geld verstaut.

Eineinhalb Minuten später, gegen 12:01 Uhr, stürmte die Polizei das Gebäude. Iris verhielt sich, wie sie es in Übungen gelernt hatte, und warf sich bäuchlings auf den Boden. Es roch nach zu viel Reinigungsmittel, mit dem man zu viel Straßendreck zu übertünchen versuchte.

Außerhalb ihres Sichtfeldes hörte sie einige Schüsse, wusste aber nicht, ob die von der Polizei oder dem Irren abgegeben wurden. Iris traute sich nicht, den Kopf zu heben.

»Schon so spät!« Zügig ging Sepp das Treppenhaus hinunter. Er lief die Straße entlang, bis er an einem Bahnübergang seinen Schritt verlangsamen musste, da die Schranke heruntergelassen wurde. Sepp zog das Smartphone aus der Hosentasche. Er musste das Handy nah vors Gesicht halten, er hatte seine Lesebrille nicht dabei. *Bin in einer viertel Stunde–* der vorbeirauschende Zug unterbrach ihn. Über den Rand seines Handydisplays sah Sepp, wie ein Umschlag vor seinen Füßen auf den Boden fiel. Er segelte nicht, sondern fiel einfach herunter, als ob etwas Schweres drin wäre. Sepp ging einen Schritt zurück und blickte hoch. Im Fahrtwind wehende, rote Locken und das Lächeln einer unbekannten Frau. Die Bahn fuhr zu schnell, um mehr zu erfassen, sie fuhr um die Kurve und aus seinem Blickfeld.

Sepp starrte abwechselnd auf sein Handy und auf das am Boden liegende Kuvert.

Die Fremde hatte ihn angelächelt, fast so, als hätte sie ihn gemeint. Aber wieso wirft jemand einen Umschlag aus einem fahrenden Zug?

Noch während er diesem Gedanken nachhing, zuckte er zusammen. Splittergeräusche folgten lautem Krachen, dann: ein Schrei!

Der erdrückende Geruch von Lavendel erfüllte die Luft.

Schnell hob Sepp den Umschlag auf, verstaute ihn mit dem Handy in seiner Umhängetasche und folgte den Bahngleisen.

Trotz des negativen Tagesvorfalls saß Iris exakt um 19:30 Uhr vorm Spiegel im Schlafzimmer und bürstete ihre störrischen Haare. Der Arzt hatte gemeint, sie bräuchte nach der Sache in der Bank nicht im Krankenhaus zu bleiben. Sie solle sich aber melden, falls sie sich nicht mehr wohl fühle. Wieso war Sepp nicht zur verabredeten Zeit gekommen? Normalerweise gab er ihr Bescheid, wenn er es nicht zu ihr schaffte. Dabei hatte sie schon vor Tagen seine persönlichen Sachen in Kisten gepackt. Die verschandelten nun den Designermöbelflur. Am liebsten würde sie ihren Arbeitskollegen Domi anrufen, damit er sämtliche Kartons in den Keller brachte. Aber falls Sepp doch noch eintraf, wäre es nicht gut, beide Männer aufeinandertreffen zu lassen. Schließlich war Domi der Grund, wieso Sepp sich eine neue Wohnung gesucht hatte.

19:45 Uhr legte sie die Haarbürste weg, stand auf und schaltete den Fernseher an. Es lief eine Reportage über verfeindete Geschwister. Neid, Eifersucht und daraus resultierende Minderwertigkeitskomplexe. *So ein Unsinn!* Iris schaltete das Gerät aus und nahm die Bürste wieder in die Hand. Sie kämmte und kämmte. So lange, bis es wehtat.

»Verdammt!«, fluchte sie, als die Bürste in den Haaren stecken blieb. Sie zerrte daran, riss sich einige Büschel aus, aber der Schmerz kümmerte sie nicht. In hohem Bogen warf Iris die Bürste quer durch das Zimmer. Sie fegte das Hochzeitsbild vom Nachttisch.

»Das geschieht uns recht!« Iris schrie ihre Wut heraus. Die ganze gesammelte Wut auf alles, was passiert war, auf ihr Leben, auf ihren Ex-Mann.

Später lief sie vor dem Ehebett hin und her, setzte sich auf die Kante, schlug die Tagesdecke nach hinten, zog ihre Hausschuhe aus, zog sie wieder an. Stand auf. Ging in den Flur, presste ihr Ohr gegen die Wohnungstür, lauschte. Zuckte beim leisesten Knacken zusammen. 20:15 Uhr gab Iris auf. Sie lief trotzig zurück ins Schlafzimmer, stellte ihr Handy lautlos und löschte das Licht. Lange hatte sie keine Ruhe.

20:47 Uhr weckten sie starker Kopfschmerz und Krämpfe im Magen. Vorsichtshalber rief sie einen Krankenwagen.

Als Sepp das Ausmaß des Unfalls sah, stockte ihm der Atem. »Scheiße!« Benebelt zückte er sein Handy, rief die 112. Er rannte zum Unfallort. Das *Schmarrerhaus* hatte es übel erwischt. Der Zug war zwar nicht reingefahren, hatte es aber seitlich geschrammt. Der Waggon war umgekippt, die Klinker heruntergefallen und man konnte direkt ins Schlafzimmer sehen. Von den Schmarrers keine Spur.

Unter dem umgekippten Abteil lugte ein blasser Arm hervor. Sepp bückte sich.»Hallo, kann ich Ihnen helfen? Hallo? Leben Sie noch?«

Keine Antwort.

»Ohgottohgott.« Von Übelkeit ergriffen sah er sich um. »Ist hier irgendwer?« Panisch rannte er am Waggon hin und her, warf die Arme in die Luft und wiederholte: »Ohgottohgott.« Er blieb stehen und fragte sich, was er hier eigentlich tat. Da flog eine rötliche Locke dicht an seinem Gesicht vorbei. Im letzten Tageslicht schaute Sepp paralysiert zu, wie die Strähne durch die Luft wirbelte und sich auf seine Schuhspitze legte. Er bekam eine Gänsehaut.

Der Lavendelgeruch mischte sich mit dem von verbranntem Haar.

Sepp entdeckte die Rothaarige. Sie lag abseits auf den Gleisen. Die Fremde lächelte, diesmal für immer. Sie hatte eine merkwürdige Augenfarbe, lilastichig. Über ihre Schläfe lief Blut. Links schien ein Ohrring zu fehlen. Der andere sah aus wie eine Sanduhr aus Gold. Wem ähnelte die Fremde? Sepp kam nicht drauf. Je länger er das Gesicht der Toten anstarrte, umso mehr schnürte es ihm die Kehle zu. Er ging zu dem umgekippten Waggon zurück.

Außer der Person, von der nur ein Arm hervorschaute, konnte er keinen weiteren Menschen ausmachen. Wo war der Fahrer abgeblieben?

Als die Polizei eintraf, wusste Sepp, dass er es nicht mehr zu seiner Ex schaffen würde. Wahrscheinlich schlief sie schon, wie es ihre penible Tagesordnung vorgab.

Ein junger Polizist mit einem Notizblock in der Hand sprach ihn an.

»Sie haben uns gerufen, Herr ... ?«

»Pichler, Sepp.«

»Haben Sie irgendetwas beobachtet, Herr Pichler?« Dabei betonte er das P besonders stark.

Sepp beantwortete alle Fragen des jungen Polizisten und schilderte seine Beobachtungen. Dienstbeflissen notierte er jedes Wort.

Als die Formalitäten geklärt waren, durfte Sepp den Unfallort verlassen. Doch wohin jetzt? In seine Einraumwohnung – unmöglich, viel zu eng! Sepp entschied, in den Stadtpark zu gehen. Bald darauf saß er auf einer Parkbank, den Kopf in die Hände gestützt. Er bildete sich ein, überall Lavendel zu riechen.

Was war passiert? Und wie? Er konnte sich darauf keinen Reim machen. Er kramte den Umschlag aus der Hosentasche. Hätte er ihn der Polizei geben sollen? War er gar ein Beweismittel? Er drehte ihn hin und her. Kein Absender, aber da stand ein Empfänger. Er drehte sich zur Straßenlaterne und entzifferte die Buchstaben.

I R I S. R E N N E R.

Die Sache wurde ihm arg unheimlich. Was hat seine Ex mit der Toten zu tun?

Lavendel.

Sepp würgte.

Kurz entschlossen riss er den Umschlag auf. Als Erstes fiel ein Ohrring heraus, aus Gold. Eine Sanduhr. Denselben hatte die Rothaarige getragen!

Sepp nahm mechanisch den beiliegenden Zettel aus dem Umschlag.

Iris, falls dieser Brief dich je erreicht, erinnerst du dich an damals? Unser Abzählreim: Eine kleine Haselmaus zog sich mal die Hosen aus, zog sie wieder an und du bist dran. Da waren wir noch glücklich, sind durch Lavendelfelder gerannt. Keiner hat dem anderen was geneidet, keine Männer, keine gebrochenen Herzen. Ich habe über zehn Ecken erfahren, dass du geheiratet hast und in die Nähe von Passau gezogen bist. Was habe ich dir getan, dass du mich so aus deinem Leben verbannst? Denkst du, Rothaarige wären Hexen? Oder hast du dich vor meinen Augen gefürchtet? Du wirst dich wahrscheinlich freuen, denn ich lasse dich jetzt für immer in Ruhe.

Ich weiß nicht, wieso, aber jemand ist mir auf den Fersen. Ich habe zwar die Polizei alarmiert, aber die können mich nicht rund um die Uhr bewachen.

Ich schicke dir als Andenken an unsere Kindheit den Ohrring. Früher haben wir die einzeln getragen. Weißt du noch? Den anderen behalte ich.

Jetzt muss ich nur herausfinden, wo genau dein neues Domizil ist. Aber keine Angst, du wirst nichts von mir sehen, ich werfe den Brief ein und gehe wieder. Falls ich das noch schaffe, bevor sie mich kriegen.

Deine Schwester
Helene

Deshalb war sie ihm so bekannt vorgekommen … Die Rothaarige musste Helene gewesen sein. Seit wann hatte seine Ex eine Schwester? Wieso wusste er davon nichts? Und warum wurde sie verfolgt? Von wem?

Er rang mit sich und starrte auf den Umschlag, zeichnete mit den Fingerspitzen den IRIS-Schriftzug nach. Vielleicht hätte er das Kuvert doch lieber dem Beamten geben sollen. Konnte er eigentlich noch. Weit war die Unfallstelle nicht entfernt.

Das Klingeln seines Handys unterbrach weitere Überlegungen.

Sein Arbeitskollege rief an. »Lehner? Ja … Was sagst du? In der Bankfiliale? Hühnermaske? Gab es Tote? Nein! Ich gehe morgen im Krankenhaus vorbei. Vorher? Ja. Mach ich. Danke.«

Jetzt brauchte er einen Schnaps. Was für ein Tag! Erst ein Banküberfall und dann das Zugunglück. Und beides passierte im selben Ort und betraf auch noch seine Ex. Wieso hatte die Unbekannte den Brief ausgerechnet ihm vor die Füße geworfen? Zufall? Oder wusste sie, dass er eine Verbindung zu Iris hatte – aber das war doch absurd!

Sepp entschied sich, nach Hause zu gehen. Dort legte er den Brief auf den Küchentisch und genehmigte sich einen doppelten Obstler.

Tags darauf erwachte Sepp komplett angezogen in seinem TV-Sessel. Gerade kamen die Nachrichten:

Zugunglück nahe Passau: Ein Linienzug hat gestern einen rätselhaften Unfall verursacht. Wie die Polizei vor wenigen Stunden

mitteilte, war die Bahn gegen 18.40 Uhr auf ihrer normalen Stre-
cke unterwegs. Bei Passau kam es zu einem Unfall mit zwei To-
ten. Der Zug streifte zunächst ein Verkehrsschild und danach ein
Wohnhaus.

Erste Hinweise lassen vermuten, dass der Zug durch Fremdver-
schulden entgleiste. Der Täter tauchte unter. Die Identitäten der
zwei toten Frauen sind mittlerweile geklärt. Den 51-jährigen Zug-
führer fand die Polizei gefesselt im Bahn-Depot. Er berichtete von
einem Bewaffneten mit Hühnermaske, der ihn bedrohte und an den
Stuhl fesselte.

Eventuell gibt es Parallelen zu einem Banküberfall, der sich ein
paar Stunden zuvor im selben Ort ereignete und bei dem es eben-
falls zu einem Toten kam. Der Täter trug eine Hühnermaske.

Später an diesem Tag, um 17:59 Uhr, erschien Sepp in
Iris' Krankenzimmer. Sogar mit Blumen. Sie staunte.

»Entschuldige, der Lehner hat mich noch aufgehal-
ten.«

Eigentlich wollte Iris ihm keine Vorwürfe mehr machen, aber der Satz kam automatisch über ihre Lippen:
»Du hast noch exakt eine Minute Besuchszeit.«

Sepp stellte die Blumen auf den Schwenktisch und
setzte sich an ihre Seite. »Ach, so genau nehmen die das
hier nicht, zumal du ein Einzelzimmer hast. Ich störe ja
keine Mitpatienten.«

»Wie das klingt, als ob ich krank wäre!«

»Nicht aufregen, das wird schon wieder. Warum ich
gestern nicht kommen konnte …« Er holte tief Luft und

zog sich einen Stuhl an ihr Bett. »Ich weiß nicht, ob du es schon gehört hast, aber ich stand an der Schranke, als diese Bahn gestern aus ungeklärten Gründen entgleiste.«

»Da kam vorhin was im Fernsehen, zwei tote Passagiere. Die Bahn soll außer diesen beiden komplett leer gewesen sein.«

»Ja. Ich dachte, es würde noch jemand leben, aber es war zu spät.«

»Was?« Sie beugte sich zum Nachttisch, kam aber nicht weit genug, um ihre Tasse zu greifen.

Sepp reichte ihr den halb vollen Pott. »Deine Schwester hat einen Umschlag aus dem Fenster ihres Abteils geworfen. Fast so, als wüsste sie, dass sie nicht ankommen würde und hoffte, dass der Brief den Absender anderweitig erreicht.«

Iris verschluckte sich an ihrem Tee. »Hast du ihn bei der Polizei abgegeben?«

»Nein.«

»Wieso? Wir wollen doch nichts mit derlei Dingen zu tun haben!«

»Er ist an dich adressiert. Von deiner *Schwester*. Du wirst deine Gründe gehabt haben, wieso du deinem Ehemann verschweigst, dass du Geschwister hast. Ich finde das allerdings höchst sonderbar. Mein Beileid.« Sepp legte ihr den Umschlag auf die Beine und stand auf. Bevor er den Raum verließ, drehte er sich um. »Im Übrigen: Ich habe die Scheidung eingereicht.«

Die Zeitanzeige rückte auf 18:19 Uhr. Da hatte er es

ja nicht lange im Krankenzimmer ausgehalten. Andererseits war er nicht wegen ihr gekommen, sondern wegen des Briefes.

Seit er ihn auf ihr Bett gelegt hatte, roch es aufdringlich nach Lavendel. Wie früher. Iris fühlte die Umrisse des Ohrrings durch das dünne Papier. Oben der Haken für das Ohrläppchen, danach eine kleine Kugel und zum Schluss der Anhänger in Form eines Unendlichkeits-Zeichens. Missmutig griff sie in das bereits offene Kuvert.

Seit wann spioniert Sepp mir nach?

Mit der Anwesenheit ihrer Schwester im Dorf hatte Iris nicht gerechnet. Bestimmt hatte sie ihre roten Locken immer noch offen getragen. Helene, der die Männerherzen zuflogen. Es waren angeblich ihre mysteriösen Augen. *Pah!* Iris glaubte das nicht. Sie glaubte, dass Helene es von Anfang an auf Iris‹ Männer abgesehen hatte. Deswegen musste sie ihrer Schwester auch die Hochzeit mit Sepp verschweigen und zur Sicherheit ihre Heimat verlassen. Im neuen Umfeld wusste keiner, dass Helene überhaupt existierte. Und das war gut gewesen. Endlich hatte sie nicht mehr unter der Attraktivität dieser Person gelitten. Am Ende hätte sie auch ihren Arbeitskollegen Domi weggeschnappt.

Nein, nein, nein. Soweit hatte es Iris nicht kommen lassen dürfen.

Schließlich war sie es selbst gewesen, die den Hühnermasken-Typen auf ihre Schwester angesetzt hatte.

Nach Jahren der Grübelei hatte sich endlich eine Lösung aufgetan: das Darknet! Und darin fand sie eine Möglichkeit, diesen Killer anzuheuern, während sie selbst unschuldig wegkam. Allerdings war niemals die Rede davon gewesen, dass ein ganzer Zug dabei verunglückt. Blöd war dadurch auch, dass Sepp mit reingezogen worden war. Iris konnte nur hoffen, dass er nicht anfing, herumzuschnüffeln.

Ach, egal.

18:47 Uhr. Schlauerweise hatte Iris die exakte Summe vorher in ihrem Bankschalter deponiert: 5.990 Euro in kleinen Scheinen. Sie platzte vor Stolz.

Als der Ohrring aus dem Kuvert rutschte, realisierte sie, dass ihr Helene nie mehr im Weg stehen würde. Endlich konnte sie eine normale Beziehung führen. Das mit Domi war ein Anfang. Doch warum hatte er sie noch nicht besucht? Sein Telefon war auch seit gestern tot.

19:02 Uhr. Wahrscheinlich spielte er gerade Tischtennis.

Sie würde einfach später noch mal anrufen.

Vanessa Glau
Abgesang

Der Nebel hängt hoch, als Lena zur Burg hinaufsteigt. Schnee bestäubt ihren Wollumhang und der Wind zerrt an den Haaren. Sie schüttelt nachsichtig den Kopf, denn er spielt nur mit ihr. Er liebt die Burg und sie ist mit der Burg verbunden, obwohl sie nur in deren Schatten lebt. Ihre Mutter ist jahrelang Tag für Tag diesen Weg gegangen, heute geht Lena an ihrer Stelle. Eis knirscht unter ihren Stiefeln, als sie an das große Eichentor klopft. Sie verlagert das Bündel auf die andere Schulter und reibt sich die behandschuhten Hände.

Als sie den Blick hebt, ragt die Burg mit den unzähligen Erkern und Türmen vor ihr auf wie ein Ungeheuer. Die Turmspitzen bilden die Zacken ihrer steinernen Krone. Auf den Dächern liegt Schnee, die Fenster darunter gähnen schwarz und leer.

Im Burgtor schwingt eine Klappe auf.

»Ich verkaufe Reisig und Schwefelhölzer«, ruft Lena gegen das Windrauschen an.

Das Tor öffnet sich ächzend. Der Soldat führt sie in die Wachhütte, bevor sie mehr als einen kurzen Blick auf den Innenhof erhaschen kann. Die meisten Dörfler leben und sterben im Schatten der Burg, ohne sie je zu betreten. Lenas Mutter gehört zu den wenigen, die einen Blick hinter die Mauern werfen konnten, und auch Lena will mit Gerüchten und zusammengereimten Geschichten ins Dorf zurückkehren. Zusammen mit den Neuigkeiten der fahrenden Händler bieten sie die einzige Unterhaltung und Verbindung zu anderen Orten. Der Soldat bedeutet ihr, sich an den Tisch zu setzen, auf dem eine qualmende Laterne Licht verbreitet und abgegriffene Spielkarten verstreut sind, dann geht er hinaus. Lena wartet, eine Hand auf dem Bündel.

Leise Flötenklänge dringen von draußen an ihre Ohren, eine schlichte, ruhige Melodie. Das Spiel berührt etwas in ihr, das sie nicht benennen kann. Sie vergisst das Bündel Feuerholz, das ihre Mutter und sie eine weitere Woche ernähren wird, und wirft einen zaghaften Blick zur Tür hinaus. Auf der Treppe zum Bogengang steht ein junger Mann und spielt auf einer Holzflöte. Sein Gesicht und die Hände sind so weiß wie der Schnee, der im Hof liegt, seine Haare und der Umhang dagegen schwarz wie Krähenflügel.

Die Musik ruft Lena in einer beinahe vergessenen Sprache. Sie macht einen Schritt auf die Schneedecke hinaus, die bis auf wenige Spuren unberührt ist, dann noch einen. Sie vergisst, dass sie nur eine Dörflerin ist und dieser Mann ein Bewohner der Burg, dass sie ihr Holz verkaufen und das Geld dafür zu ihrer Mutter zurückbringen muss.

Der Mann erschrickt und die Melodie bricht ab. Ertappt flüchtet sich Lena in die Wachhütte. Sein Spiel hat ihr die Ahnung einer anderen, größeren Welt gegeben und die Neugier zerrt an ihr wie Weidenzweige an ihrer Kleidung.

Kurz darauf kehrt der Soldat mit dem Burgvogt zurück und das Geschäft wird getätigt. Verwirrt tritt Lena vor das Tor und macht sich auf den Rückweg ins Dorf, das von der Hügelkuppe aus fremd und verlassen aussieht. Schnee bedeckt die umliegenden Hügel und den Wald und hinter dem Nebel lauern schemenhaft die blauen Berge.

Später betritt sie das verdunkelte Schlafzimmer und erzählt ihrer Mutter von dem jungen Mann mit der Flöte. Die Kranke seufzt schwer. »Du hast mit einem der Prinzen geredet? Das muss Tiberius gewesen sein ... Er ist der letzte, die anderen sind alle ...« Ein Hustenanfall schneidet ihr das Wort ab.

Lena schaudert. Bis zu diesem Tag kannte sie die Prinzen, die in der Burg leben, nur aus Gerüchten. »Wir haben gar nicht geredet.« Aber sein Flötenspiel klingt noch immer in ihr nach.

Eine Woche später hat sie ihr Bündel gepackt und starrt es unschlüssig an, aber ihre Mutter und sie brauchen das Geld, das sie dafür bekommt. Am nächsten Tag erklimmt sie den Hügel zum zweiten Mal. In der Woche darauf wieder, und in der nächsten. Wenn der Torwächter sie in seine Wachhütte führt, bleibt sie brav am Tisch sitzen. Manchmal hört sie die Flöte des Prinzen, manchmal nicht, aber nie steht sie auf, um ihn zu sehen. Nach einigen Wochen bleibt der Wächter mit ihr in der Hütte und bezahlt sie selbst. Als sie nach dem Burgvogt fragt, zuckt er die Schultern. Sie wagt nicht, nach dem Prinzen zu fragen, obwohl er und seine Musik nach wie vor durch ihre Gedanken geistern.

Eine Woche später kommt der Dorfarzt in die Hütte und untersucht ihre Mutter. Nach viel zu kurzer Zeit tritt er wieder in die Stube und setzt sich zu Lena an den Tisch. Als sein Schweigen anhält, holt sie tief Luft. »Sie hustet schon zu lange, habe ich recht?«

Er nickt. »Leider habe ich keine Medizin mehr für sie. Den letzten Rest hat der Vater des Schmieds bekommen und du weißt ja, wie die Lage ist ...«

Lena weiß es. Seit Wintereinbruch sind die fahrenden Händler von jenseits des Nebels ausgeblieben. Die Kranken müssen warten, bis sie wiederkommen und der Arzt seine Vorräte aufstocken kann.

Kurz vor Einbruch der Dunkelheit, als sie ihr Reisigbündel gepackt hat, klopft jemand an die Tür. Es ist der Abend vor ihrem wöchentlichen Gang und der Schlachter, der eben auf der Burg war, hat einen Brief für sie mitgebracht. Neben dem Feuer in der Stube öffnet sie den Umschlag, streicht über die schwarzen Linien auf rauem Papier und liest.

Am nächsten Tag steigt sie wieder zur Burg hinauf. Der Schnee füllt ihre Sicht mit blendendem Weiß, aber der Wind weht ihr in den Rücken und erleichtert den Weg. Diesmal bittet der Soldat sie nicht in seine Hütte, sondern führt sie zur Treppe, auf der der junge Mann bei ihrem ersten Besuch gestanden und Flöte gespielt hat. Ein fernes Echo der Melodie dringt an ihre Ohren. Am Ende des Bogengangs öffnet der Soldat eine Tür und weicht zurück. Lena betritt einen dunklen Gang, dringt tiefer in den Bauch der Burg ein, und klopft an die Tür am anderen Ende.

Eine gedämpfte Stimme antwortet. Der Saal hinter der Tür ist leer bis auf einen Mann und ein klobiges Instrument, das auf drei Holzbeinen mit Klauenfüßen steht. Das Fackellicht wirft wirbelnde Schatten auf die polierten Oberflächen und Lena fragt sich, welcher Klang wohl darunter schlummert.

Der Prinz erhebt sich von der schlichten Holzbank, die vor dem Instrument steht. Er sieht genauso aus wie in ihrer Erinnerung, abgesehen von dem Monokel, das er abnimmt, um sie zu betrachten. »Du bist Lena, die Tochter der Reisigsammlerin.«

»Ja, mein Herr.« Sie versucht einen Knicks, tritt aber mit der Fußspitze auf ihren Rocksaum und taumelt kurz. Niemand aus ihrem Dorf hat je einen Prinzen getroffen. Für den Handel war immer der Burgvogt zuständig. Trotzdem wissen alle, dass Tiberius der jüngste ist – und der letzte.

»Komm näher. Lass das Holz neben der Tür.«

Er muss in ihrem Alter sein, aber seine Haut ist blass und rein wie die eines Kindes. Lena nähert sich ihm zögernd. Ohne das Gewicht auf ihrem Rücken fühlt sie sich zu leicht, als könnte sie jederzeit abheben und verschwinden. »Mein Herr?«

»Du fragst dich bestimmt, warum ich dich hierher gebeten habe. Die Antwort ist einfach: Du sollst meinem
Spiel lauschen.«

»Eurem Spiel?«

Er deutet auf das fremdartige Instrument. »Ja, meinem Spiel. In diesen Mauern gibt es immer weniger
Gleichgesinnte, die Musik genießen können. Sie erfordert
eine besondere Art des Zuhörens. Als ich dich im Hof
gesehen habe, dachte ich, du könntest das für mich tun.«

Diese Verantwortung ist zu fremd und schwer für
Lena, die nur ein bescheidenes Leben im Dorf führt. Sie
will um eine Erklärung bitten, sich entschuldigen oder
fliehen, aber er wartet die Antwort nicht ab. Stattdessen
setzt er sich mit flatterndem Umhang wieder auf die
Bank und klemmt sich das Glas vor die Augen. Als er
den Deckel von den Tasten hebt, die in weißer und
schwarzer Pracht darunter liegen, ist es, als hätte er das
Instrument aus tiefem Schlaf geweckt. Ein Clavichord,
erinnert sie sich. Sie hat noch nie eins gesehen, aber die
fahrenden Musiker, die früher das Dorf besuchten, hatten ein Buch mit Bildern. Schon damals gab der Fiedler
ihr kurze Musikstunden und weckte damit ihr Interesse,
aber nach einigen Jahren kam die Truppe nicht mehr.

Er beginnt mit einzelnen Tönen, die zwischen ihnen
fallen wie dicke Wassertropfen. Allmählich verknüpft er
die Töne zu einer kleinen Melodie, bevor er pausiert,
weiterspielt und wieder pausiert. Dieses Stück ist eine
Flickendecke und die einzelnen Teile finden nur langsam

zueinander. In jeder atemlosen Pause wartet Lena auf den nächsten Ton. Das Ende des Stücks erkennt sie erst, als er die Hände von den Tasten nimmt und sich zu ihr umdreht. Das Monokel ist goldgerahmt, dahinter wirken seine Augen riesig und so blau wie die Berge hinter dem Nebel.

Er sagt nichts. Er wartet auf ihr Urteil. Sie muss den Blick abwenden, ehe sie Worte sagt, die ihn nur enttäuschen können. Vor seiner Musik verblassen alle Worte. »Ihr spielt wunderschön, mein Herr.«

Ein Rascheln erklingt, als er aufsteht, dann lange Schritte. »Sieh mich an.«

Zögernd hebt sie den Blick. Sein Spiel auf dem Clavichord hat die Verbindung zwischen ihnen gefestigt. Seine Aufmerksamkeit und das Geschenk an sie erscheinen ihr so zerbrechlich, dass sie vor dem kleinsten Schritt zurückschreckt.

»Hat es dir gefallen?«

Sie lässt zu, dass sein durch das Glas vergrößerter Blick in sie dringt. »Ja.«

Er seufzt. »Ich hoffe, wenigstens du bleibst.«

Dann dreht er sich weg und ihre Verwirrung prallt an seinem Rücken ab. »Wie meint Ihr das, mein Herr?«

Ein Klopfen hallt durch den Saal und sie zuckt zusammen. Prinz Tiberius stellt sich breitbeinig auf und verschränkt die Hände hinter dem Rücken, bevor er den Klopfer hereinruft. Ein schlaksiger Junge in Weste und

Schirmmütze steckt den Kopf herein. »Mein Herr, ich wollte gerade ins Dorf hinunter, aber Brutus war nicht am Tor. Ich hab überall gesucht. Er ist verschwunden.«

Einen gläsernen Moment lang steht der Prinz reglos da. Lena wartet auf sein Entsetzen oder wenigstens einen Hauch Verwirrung, aber beides bleibt aus. Stattdessen wendet er sich ab und wedelt mit einer weißen Hand. »Danke. Du kannst gehen.«

Danach hängt das Schweigen dick zwischen ihnen wie der Rauch eines Feuers, das mit grünem Holz brennt. Etwas in den Worten des Jungen hat Lenas Verbindung zu Tiberius gekappt, die vielleicht nur ein Trugbild war. Je länger er schweigt, desto stärker wird ihr Drang, wegzulaufen und sich in der Hütte im Dorf zu verkriechen. Sie gehört an die Seite ihrer Mutter und sollte sie pflegen, anstatt hier zu sein.

Sie gibt sich einen Ruck und knickst. »Es war sehr nett von Euch, mir vorzuspielen, aber ich muss zurück. Auf Wiedersehen, mein Herr.« Sie flieht und zu ihrer Überraschung hält er sie nicht auf.

Das Burgtor ist hochgezogen, die Wachhütte kalt und verlassen. Der Soldat, der es zweimal für sie heruntergelassen und wieder hochgezogen hat, ist verschwunden. Sie sucht nach seinen schweren Stiefelspuren, aber seit ihrer Ankunft ist frischer Schnee in den Hof, auf die Dächer und die Türme gefallen. Das blendende Weiß hat das Verschwinden eines weiteren Menschen in ein Geheimnis verwandelt.

Lena steht vor dem Tor, bis Tiberius sie einholt. »Die Leute verschwinden von diesem Ort, einer nach dem anderen. Niemand weiß, warum oder wohin, aber inzwischen sind nur noch wenige von uns übrig. Am Ende werde ich wohl allein sein.«

Vielleicht sind es nur die fallenden Flocken, aber der Nebel scheint sich tiefer über ihre Köpfe zu senken und einen Schatten über die Welt zu werfen. »Gibt es niemand anderen, der das Tor hochziehen kann?«

Sein Nein trifft sie wie ein eisiger Windhauch. Lena wirbelt herum und erklimmt die nächste Treppe. Schnee rutscht und Eis knirscht unter ihren Stiefeln. Schließlich erreicht sie den Wehrgang und stürzt zu den Zinnen, wo sie zwischen zwei Mauersäulen auf das Land hinausblickt. Der Nebel hängt wie ein Totenschleier zwischen der Burg und dem Dorf weit unter ihren Füßen. Dahinter liegt ihre Mutter alleine mit dem Husten, der ihr langsam die Lunge zerreißt – dahinter ist nichts. Dieser seltsame Ort, den sie aus all den Gerüchten nicht wiedererkennt, hat ihre Wirklichkeit gestohlen und sie heillos verwirrt.

Sie weiß nicht, wie lange sie dort steht und starrt. Aus dem Augenwinkel erkennt sie Tiberius, der sie aus einigen Schritten Abstand beobachtet. Kurz bevor die Dunkelheit auch sie verschlingt, dringt melodisches Zwitschern an ihre Ohren und etwas Schwarzes schießt vom Himmel herab. Instinktiv hebt sie die Hand und der Vogel landet auf ihrem Finger. Sein Knopfauge blitzt sie an, bevor er sein hohes Klagelied anstimmt.

»Eine ... Nachtigall?«, murmelt Tiberius ehrfürchtig.

Eine schwarze Nachtigall.

Der Vogel schenkt ihnen ein süßes Lied, bevor er in den grauen Himmel zurückkehrt, und Lena findet die Kraft, den Prinzen anzusprechen. »Warum habt Ihr mir verheimlicht, dass mit diesem Ort etwas nicht stimmt? Ihr habt mich hierher gebeten, die Zeit mit Eurer Musik gefüllt. Warum gerade mich?«

Er verzieht das Gesicht gegen ihren bitteren Schmerz. »Wie gesagt, ich wollte jemanden, der zuhört. Jemanden, der bleibt und ... Verzeih mir, Lena.«

Der Klang ihres Namens fällt schwer von seinen Lippen und Lena stürmt die rutschigen Stufen hinab, gleitet auf der vorletzten aus, rappelt sich hoch, reißt eine Tür auf und eilt durch einen dunklen Gang, bis sie ein schwaches Glimmen entdeckt. Der Saal, den sie betritt, ist noch leerer als der, in dem das Clavichord steht. Neben dem Kamin findet sie Holz und füttert sacht die Glut.

Als Tiberius sie findet, sitzt sie vor dem knisternden Feuer und betrachtet den Tanz, den Licht und Schatten an die Wände malen. Ab und zu sprühen Funken bis unter die Decke. Er setzt sich neben sie und schüttelt den dicken Umhang des Prinzen ab. Darunter ist er erschreckend dünn. »Ich weiß, es war nicht richtig, aber ich konnte nicht anders. Versteh doch ...«

»Ich wünschte, du hättest mir diesen Brief nie geschickt.«

»Ich kann mich wieder entschuldigen, wenn du willst.«

Sie seufzt. Der sehnsüchtige Unterton in seiner Stimme rührt sie auf dieselbe Art an wie sein Spiel auf dem Clavichord. Vielleicht sind sie bereits die Letzten in diesem Gemäuer. »Du kannst es ja doch nicht rückgängig machen.«

Sein Schweigen ist Antwort genug.

Lena starrt in die Flammen und denkt an ihre Mutter, bis die Müdigkeit sie überwältigt. Auf dem Steinboden liegend nimmt sie gerade noch wahr, wie Tiberius seinen Umhang über ihr ausbreitet, dann treibt sie davon.

Als sie aufwacht, brennt das Feuer niedriger und Tiberius sitzt noch neben ihr. Anstatt ihre Sorgen in die Ferne zu schicken, muss sie sich mit dem Ort abfinden, an dem sie gestrandet ist. Wenigstens die Unsicherheit des Prinzen kann sie zerstreuen. Er, der Letzte, und sie ... Was bleibt ihnen denn anderes übrig? Sie braucht etwas, das einen Schleier über die nackten Spitzen der Wirklichkeit wirft. »Spiel mir etwas vor.«

Als sie seine Hand nimmt, führt er sie zurück in den Saal mit dem Instrument. Diesmal setzt sie sich neben ihn auf die Bank, bewundert die Tasten und seine langen Finger, die mühelos mehrere Oktaven umspannen. Er spielt dieselbe Melodie wie vorhin, aber diesmal zupft sie stärker an Lenas Gedächtnis. Als sie sich erinnert, wird ihr heiß bis in die Zehenspitzen. In dem Brief, den er ihr geschickt hat, waren Musiknoten aufgezeichnet. Einige schlichte Takte, die sie mühsam entziffert hat und jetzt in seinem Spiel wiedererkennt. Mit diesem Geheimnis hat er sie gelockt. Diese Melodie, die sie teilen, hat sie aneinandergebunden.

Später tanzen sie im frischen Schnee. Mit kalten Händen führen sie einander, wirbeln herum und halten sich fest. Das Clavichord ist verstummt, aber das Stück spielt in ihren Gedanken weiter. Jeder lebt im Takt des jeweils anderen und Körperwärme sickert durch die dicken Kleider, bevor sie sich in der Winterluft verliert.

Alexander Greiner

Das Kandeldirndl

»Nach Sankt Kathrein am Emmersee!« Der Mann klatscht einige Münzen und zerknitterte Scheine auf die Ablage und hängt seinen Gehstock an die Tresenkante.

Die Verkäuferin macht ein pikiertes Gesicht, kräuselt die Lippen. Er ergänzt: »Bitte – und guten Morgen!«

Sein schütteres weißes Haar wirkt, als käme er aus einem Windkanal. Er knöpft seinen Mantel auf.

»Ich kann Ihnen leider keine direkte Verbindung anbieten.« Dem Monitor zugewandt erklärt sie: »Sie müssen in Moosberg im Walchgau auf einen Bus umsteigen.«

»Buchen Sie das«, sagt er und schiebt ihr das Geld hin. Die Altersflecken seiner Hand haben den gleichen Farbton wie der Tresen aus dunklem Pinienholzimitat.

Sie zählt das Bargeld und schüttelt den Kopf. »Heute ist ein starker Reisetag. Ich empfehle Ihnen, einen Sitzplatz zu reservieren. Dann reicht ihr Bargeld aber nur für die Zugfahrt.«

Nachdenklich steckt er die Hand in seine Manteltasche, aus der ein Kuvert lugt. Als er das Papier streift, durchfährt ihn ein Zucken. »Ich fahre trotzdem.«

Er lässt das Ticket in die Reisetasche fallen und setzt sich mit dem Stock in Bewegung. Die Sohlen der orthopädischen Schlapfen schleifen bei jedem einzelnen Schritt. Weg von hier.

»Wo sind die Bahnsteige?«, fragt er wahllos einzelne Menschen, die an ihm vorbeihuschen. Im Meer der unzähligen bunten Reklametafeln am Hauptbahnhof die Wegweiser zu erkennen, fällt ihm schwer.

Wie von der Bahnmitarbeiterin prophezeit, scheint heute die ganze Stadt zu verreisen. Der Alte zwängt sich durch den Waggon, fragt nach Hilfe zur Reservierungsausschilderung und steuert auf seinen Platz in einer Vierergruppe mit Tisch zu. Gegenüber sitzen zwei alte Damen. Eine mit schwalbenübersätem Kopftuch, die andere mit lila Uromahaar. Er verdreht die Augen. Hoffentlich sind sie nicht solche Tratschweiber wie die Mitbewohnerinnen im Altersheim. Ihn nervt dieses vorsenile Geschwätz.

»Guten Tag!«, grüßt er und zieht seine Schiebermütze. Mit spitzen Lippen zischen die Frauen unisono: »Grüß Sie Gott!«

Der Alte hängt den Mantel auf, öffnet seine Strickweste und zupft einen Kugelschreiber aus der Hemdtasche. Aus der Reisetasche fischt er eine Tageszeitung. Er blättert das Kreuzworträtsel auf und kritzelt erste Buchstaben in die leeren Rechtecke, während der Zug aus dem Bahnhof rollt.

Tschuang-Tse. Leidiger chinesischer Philosoph. Wieso ihm der nicht gleich eingefallen ist? Heute fehlt die Konzentration. Die Buchstaben und Worte verfliegen, als würden sie an den vorbeirasenden Masten der Oberleitung hängen bleiben. Der Anlass seiner Reise lenkt ihn ab. Das Rätsel halb fertig gelöst, klickt er den Kugelschreiber aus.

Autos, Häuser, Lagerhallen. Unzählige Bäume, sattgrüne Hügel, braunes Weidevieh ziehen am Zugfenster vorüber. Dichter Mischwald in Grün, Gelb und Rot.

Wie wird es sein, wenn sie einander wiedersehen? Wird sie da sein? Wird sie sich an ihn erinnern? Wird sie mit ihm reden wollen? Er atmet tief durch und holt das Kuvert aus dem Mantel, zieht mit den knorrigen Fingern ein Stück Papier mit aufgedruckter Mohnblume heraus und liest wahllos den ersten Absatz, auf den sein Blick fällt.

Ich liebe die frische Luft hier. Den Duft des Waldes. Zu lange war ich vernebelt, nahm gar nicht wahr, wie mir dieses Gefühl in der Stadt fehlte. Hier kann ich wieder frei sein, kann ich selbst sein.

Genau! Das passt exakt zu seiner momentanen Empfindung. Er grinst. Das ist es, von dem sie schreibt: Unabhängigkeit und Selbstbestimmung. Eine halbe Ewigkeit hat er es nicht gespürt. Bis heute.

Warum ist sie aufs Land gezogen? Ja, *Trennung* schrieb sie, doch weshalb? Wieso nur dieses eine Schreiben? Seit Jahrzehnten ist es die erste und einzige Botschaft. Ein Lebenszeichen aus der Vergangenheit, vor dreißig Jahren auf einem Dorfpostamt aufgegeben und anschließend verschlampt. Das Postamt wurde geschlossen, der Umschlag beim Ausräumen gefunden und gestern zugestellt. Oft waren seine Gedanken bei ihr. Die Mitteilung war eine große Überraschung. Eine späte Überraschung. Hätte der Postler den Umschlag nicht eher zwischen den Kästen finden können?

Das Mädchen von einst erscheint vor seinem inneren Auge. Wie sie gemeinsam im Bach Staudämme bauten, auf Bäume kletterten, im Wald Blätter sammelten, für die Schule lernten, die erste Zigarette rauchten, mit der Straßenbahn ins Kino fuhren, jede freie Minute miteinander verbrachten. Er presst die Lippen aufeinander.

Die Augen werden schwer, fallen ihm zu. Rätseln macht ihn müde.

Es ist still. Kein Rauschen mehr, das in seine Ohren dringt. Er sitzt auf einer weißen Couch in einem unendlichen, lichtdurchtränkten Raum. Neben ihm nimmt eine dunkle Gestalt in einer dicken Kutte Platz und starrt in die Leere. Der Abstand zwischen den beiden reicht aus, um Beklommenheit in ihm aufsteigen zu lassen. Er hebt mehrmals die Ferse vom glatten Fußboden ab, als setze er zum Weglaufen an.

»Wer bist du?«, fragt die Gestalt mit friedvoller Stimme, ohne ihn anzuschauen.

Angespannt antwortet er: »Ich bin ein Mann von Jahren.«

»Spaßvogel!« Die Figur wendet sich ihm zu. Ihr Gesicht ist in der ausladenden Kapuze nicht zu erkennen.

»Erzähl mir etwas, das nicht offensichtlich ist.«

»Du bist der Sensenmann«, sagt der Alte.

»Richtig, aber: Ich habe nach dir gefragt.« Die Kapuzenöffnung wendet sich ab. »Sei beruhigt, ich hole dich noch nicht – ich möchte nur wissen, wer du bist.«

Die Augen des Manns bewegen sich ruckartig nach links, rechts, dann nach unten. Was soll diese Frage? Sein Zeigefinger tippt auf die Lehne des Sofas.

»Ich bin ein Reisender.«

»Gut!«, sagt der Tod. »Weiter!«

»Ich bin auf der Reise meines Lebens.«

»Du musst mir nichts erklären. Ich weiß, was ein Reisender ist.«

»Ich bin auf dem Weg zu meiner Freundin.«

»Holla!« Sein Umhang hebt sich. »Jetzt wird es interessant.« Er beugt sich zu ihm. »Wie kommt es, dass ein alter Knacker wie du eine Freundin hat?«

Das Gesicht des Manns gewinnt an Farbe. »Sie hat mir vor langer Zeit geschrieben. Ich habe den Brief gerade erst bekommen.«

»Ein Glück!«

»Jetzt will ich sie sehen.«

»Gute Entscheidung, mein Lieber.«

»Sie fehlt mir.«

»Das glaube ich dir.«

»Geht es ihr gut?«, fragt der Alte besorgt.

»Finde es heraus.«

»Na, hast du sie schon geholt?«, setzt er nach.

»Nein, und frag nicht so viel«, erwidert der Knochenmann und bläst genervt Luft aus. »Ich lobte bereits deine Entscheidung, sie aufzusuchen.«

»Wann holst du sie denn?«

»Das kann ich dir nicht sagen.«

»Wann holst du mich?«

»Sag mal, willst du mich frotzeln?«

»Lass mich sie noch sehen«, fleht der Mann.

Gevatter Tod erhebt sich und schaut ihn an. »Geh deinen Weg weiter.«

Mach ich, denkt sich der Alte und bedankt sich mit einer ehrfürchtigen Verneigung bei seinem sonderbaren Sitznachbarn.

»Na, weißt du jetzt, wer du wirklich bist?«, fragt dieser, als das Bahnrauschen langsam wieder einsetzt.

Der Alte schließt seinen Mund und wischt sich Speichel vom Kinn. Die Damen vis-à-vis dürften, ihrer angeregten Unterhaltung sei Dank, sein Sabbern nicht bemerkt haben.

»Und dann fladert mir der Bsuf auch noch mein ganzes Geld! Mit meiner Witwenpension hupf ich halt nicht weit. Wie soll ich das Mittagessen beim Metzgerwirt zahlen?«, keift die mit dem Kopftuch.

Die Fahrkartenverkäuferin hätte ihm ruhig einen besseren Platz reservieren können. Genervt packt er seine Sachen und geht ans Ende des Waggons, um das Gejammer der beiden nicht länger anhören zu müssen.

»Nächster Halt: Moosberg im Walchgau«, tönt es aus den Lautsprechern.

Er bleibt auf der Treppe vor dem Bahnhofsgebäude stehen, stellt die Tasche neben sich ab und überblickt den Platz. Wie kommt er von hier weiter? Den Busfahrer beknien? Autostoppen wie früher? Zu Fuß gehen? Es sind sicher zwanzig Kilometer, zu weit für seine müden Knochen. Den Kopf gesenkt, schließt er die Augen.

»Wirst du nicht abgeholt?«, fragt eine hohe Stimme. Ein Bub im Volksschulalter steht neben ihm.

»Leider nein.«

»Wo willst du hin?«

»Komm jetzt!«, ruft eine junge Frau dem Kind zu, ihre Hand an der Heckklappe eines Kleinwagens deutschen Fabrikats. »Wir müssen los!«

»Sankt Kathrein«, antwortet der Alte.

»Da wohnen wir«, sagt der Bub lächelnd. »Magst du mitfahren?«

»Wir werden sicher deine Mama fragen müssen.«

Der Mann nimmt auf der Rückbank Platz, wofür sich die Mutter entschuldigt. Auf dem Beifahrersitz ist ihr Baby angeschnallt.

»Alles gut, ich freue mich über die unverhoffte Mitfahrgelegenheit«, sagt er beschwingt.

»Besuchen Sie jemanden?«, fragt sie.

Er erzählt vom Brief und der Freundin, während der Bub aufmerksam der Geschichte lauscht.

»Ich kenne sie!«, sagt die Frau. »Sie hat mir das Klavierspielen beigebracht.«

So ein Zufall. »Wie geht es ihr?«, fragt er.

»Gut, glaube ich. Jedenfalls hab ich sie vor ein oder zwei Wochen auf ihrer Terrasse in der Sonne sitzen sehen.« Sie mustert ihn im Rückspiegel. »Es ist ja schon eine Zeit her, dass sie unterrichtet hat.«

Sie fahren eine Kastanienallee entlang, als hinter einem Maisfeld der See auftaucht. Türkisblau in sich ruhend, vor einer breiten Gebirgskulisse. Gedankenverloren schaut der Mann auf die fernen Bergspitzen, als verleihe ihm sein jugendlich anmutender Elan die Fähigkeit, von Gipfel zu Gipfel zu springen, ohne die Joche dazwischen passieren zu müssen.

Was ist, wenn sie nicht mehr sprechen kann, nichts sieht, ihn nicht erkennt?

»Danke vielmals«, sagt er, während er träge aus dem Wagen aussteigt und sich von der Mutter und den Kindern verabschiedet.

Er geht zur Eingangstür des Wohnhauses. An der Klingelplatte sucht er den Namen seiner Freundin. Neben ihrem Schild drückt er auf den Knopf. Eine beklemmende Enge erfasst seine Brust, der Hals pulsiert. Wird sie sich freuen?

Der Türöffner brummt, er tritt ein. Der Gang führt geradewegs zu einer spaltbreit geöffneten Tür, aus der Klaviermusik dringt. Nur dem Gehör nach! Das wird das Spiel seiner Freundin sein. Er drückt die Hand gegen das

Türblatt und setzt bedächtig einen Schritt in die Wohnung.

»Wer sind Sie denn?«, fragt eine beschürzte Frau Anfang fünfzig, die sich im Vorzimmer aufbaut, um ihn am Weitergehen zu hindern.

»Sie haben mir geöffnet.«

»Ja, weil ich jemand anderen erwartet hab.«

»Wohnen Sie hier?«

»Nein, ich bin die Haushaltshilfe.«

Der Alte stellt sich vor, erzählt in knappen Worten, warum er hier ist, und weist als Beleg für sein ehrliches Ansinnen den Umschlag vor. Die Frau nickt und führt den Besucher zum Wohnzimmer, in dem die Brieffreundin eine Mazurka von Chopin spielt.

Sie sitzt mit dem Rücken zur Tür an einem hellbraunen Wandklavier: beige Kaschmirweste, feines, weißes Haar, eleganter, kurzer Haarschnitt. Er hält die Luft an.

Ihr Spiel stoppt, als er das Zimmer betritt, sie dreht sich auf dem Klavierstuhl um und ruft: »Kann ich meinen Augen trauen?«

»Servus Kandldirndl!«

Sie lacht und zeigt ihre schneeweiße Zahnreihe. Ihre hochgezogenen Wangen drücken die Brille hinauf, die perlenbesetzten Ohrclips blitzen in der Nachmittagssonne.

»Grüß dich, Schlapfenspezi!«

Langsam erhebt sie sich, seine Tasche fällt zu Boden, sie nehmen einander fest in die Arme. Ein vertrauter

Duft von Bergamotte hüllt ihn ein. Sie verwendet immer noch dieselbe Hautcreme. Ihm wird warm ums Herz.

Sie streichen sich gegenseitig mit den Händen über die Rücken und atmen zusammen aus.

»Ewig ist es her«, sagt er.

»Ich dachte, du wärst tot.«

»Ich auch.«

Die Freunde schauen einander verblüfft an. Keiner traut sich, zu sprechen. Da haben sie sich drei Jahrzehnte nicht gesehen und verhalten sich wie Teenager beim ersten Kinobesuch.

»Warum hast du dir so lange Zeit gelassen?«, fragt sie.

»Ein alter Mann ist kein Schnellzug«, scherzt er und erzählt vom gestrigen Besuch des Postboten, der die Zustellung als letzte offene Aufgabe vor seinem Ruhestand ansah. »Ich wollte dich sofort wiedersehen.«

Er schaut sich um. Was jetzt? Aufgeregt stapft er durchs Zimmer. Sein Stock klopft bei jedem Schritt. »Heimelig hast du es hier. Aber spartanisch«, stellt er fest. »Wo sind deine vielen Bücher?«

»Beim Umzug hab ich die meisten weggegeben. Ich kam in das Alter, in dem ich nichts mehr aufheben wollte. Außer da drinnen.« Mit dem Zeigefinger klopft sie auf ihre Stirn.

Sie starrt ihn grübelnd an und tippt ihre Fingerspitzen aufeinander, als würde sie weiter Klavier spielen. »Sag mal, was hältst du davon, wenn wir ins Kaffeehaus gehen? Meine Haushälterin wird hier gleich staubsaugen, dort sind wir ungestört«, sagt sie und legt ihre Hand auf seinen Arm.

Das Café ist einen kurzen Spaziergang von der Wohnung entfernt, was ihr die Gelegenheit bietet, ihm den Ort zu zeigen. Die Pfarrkirche, in der vor ein paar Wochen einer ihrer Enkel heiratete. Die Musikschule, an der sie nach ihrem Umzug eine Anstellung als Klavierlehrerin erhielt. Der Fußballplatz, auf dem sie ihre jüngste Enkelin bei den Matches anfeuert.

Ihr Stammplatz mit Blick auf den See ist frei, sie bestellen.

»Die Aussicht ist formidabel«, sagt der Alte beschwingt und zeigt durchs Fenster auf das Gebirge am anderen Ende des Sees. »Du kannst dich echt glücklich schätzen, in dieser großartigen Bergwelt zu leben.«

Sie lächelt und nimmt einen Schluck von ihrer Melange.

»Ich fasse es noch immer nicht, dass du wirklich hier bist. Ich hatte die Hoffnung schon lange aufgegeben, jemals wieder von dir zu hören.«

»Nachdem ich damals keine Antwort auf meinen Weihnachtsbrief von dir erhielt, dachte ich, wir hätten uns endgültig voneinander entfernt.« Er sticht ein Stück Sachertorte ab.

»Das tut mir leid«, sagt sie traurig.

»Warum hast du nach deiner Scheidung nicht angerufen?«

»Hatte ich überlegt. Aber weißt du, die Jahre vor der Trennung waren anstrengend. Schreiben war mir lieber.

Ich wollte dich nicht volljammern.« Sie lächelt verlegen.

»Also war es ein unglückliches Missverständnis. Schön zu hören.« Er bohrt absichtlich nicht nach dem Trennungsgrund. Sie wird es ihm sagen, wenn es passt.

»Sicher! Ich wunderte mich ja auch, warum du dich nicht meldest.«

»Das glaub ich dir, aber jetzt bin ich ja hier.« Mit einem Zwinkern sagt er: »Du weißt, Blutsbrüderschaft halt!«

Als Zehnjährige liefen die beiden vom hügeligen Außenbezirk, wo sie gemeinsam ihre Jugend verbracht hatten, in den angrenzenden Buchenwald. Dort hatte sie die Idee: wie in diesen Karl-May-Geschichten. Sie schnitten einander tief in die Finger, was ihrer Mutter gar nicht gefiel, da sie mit der Verletzung nicht mehr am Klavier üben konnte.

»Das war Kinderei«, sagt sie und zwinkert.

»Ich bin halt Romantiker.«

»Das mochte ich immer an dir.«

Und was er erst alles an ihr mochte!

Sie spielt mit dem Henkel der Kaffeetasse, blickt ihn über den Brillenrand an und sagt: »Ich bin froh, dass er dir meinen Brief gebracht hat.«

»Und ich erst«, sagt er. Das Glück ist auf seiner Seite. Für den Funken eines Augenblicks denkt er an sein Zimmer im Altersheim, doch es ist zu weit weg, um in seinen Gedanken zu bleiben.

Während die beiden in ihren Erinnerungen schwelgen und die Zeit übersehen, tritt der Ober an ihren Tisch.

»Die Herrschaften verzeihen, darf ich abkassieren?« Er wirft einen Schulterblick auf seine Kollegin an der Theke. »Schichtwechsel.«

Sie betrachtet ihren alten Freund einen Moment, reißt entsetzt die Augen auf und schüttelt den Kopf. »Oh, ich bin eine miserable Gastgeberin. Hast du Hunger?« Sie überlegt. »Ich mache dir Wurstknödel. Das war ja immer deine Leibspeise!«

Das wäre großartig. »Ich bitte dich, das ist doch nicht notwendig!«, entgegnet er. Hoffentlich besteht sie darauf. Ob das Gefühl in seinem Bauch wirklich Hunger ist?

»Aber sicher. Ich bestehe darauf«, sagt sie und tätschelt seine Hand. »Und wir stoßen zur Feier des Tages mit einem Glas Rotwein an!«

Sie drücken die frisch gekochten und geschälten Erdäpfel durch eine Presse und bereiten den Teig für die Knödel zu. In einer gusseisernen Pfanne brutzeln die Wurstwürfel für die Füllung.

»Kochst du noch oft?«, fragt er.

»Selten. Ist mir zu anstrengend. In den meisten Fällen gehe ich nur meiner Haushälterin zur Hand.«

Während die Knödel im heißen Salzwasser simmern, deckt sie den Esstisch und zündet eine Kerze an. »Für die Romantik, nicht wahr?« Sie zwinkert ihm zu.

Ein feiner Selchgeruch legt sich beim Zerteilen der Knödel über den Tisch. Selbstgemachtes schmeckt um Vieles besser als die Tiefkühlkost im Altersheim.

»Wohl bekomms!« Er hält das Kristallglas hoch, sie lächeln, trinken auf beiderseitige Gesundheit. »An einem Tag wie diesem könnte man glatt vergessen, wie alt wir sind«, sagt er. Der Alltag ist weggewischt, jeder Schmerz weit entfernt. Ist das der Jungbrunnen, von dem alle reden?

Sie unterhalten sich, die Wangen brennen vom Lachen. Wann und mit wem hat er in den vergangenen Jahren derart ausgelassen geplaudert? Ihm ist, als hätte er sie erst gestern getroffen, so vertraut sind sie.

Mit einem Murren fischt sie ein Haar aus der Wurstfüllung. »Dabei habe ich heute besonders aufgepasst«, sagt sie mit gesenktem Blick.

»Was fällt nicht aus, wenn es in die Jahre kommt?«, fragt er scherzhaft.

Sie zieht eine Braue hoch und hält den Stiel des Weinglases fest.

»Tut mir leid, ich wollte die Stimmung nicht trüben.« Er versucht, zu lächeln.

»Alles in Ordnung, du hast ja recht.« Mit geschlossenen Augen schiebt sie sich den letzten Bissen in den Mund und lächelt. »Ich bin müde.«

»Was hältst du davon, wenn ich dir etwas vorlese?«, fragt er. »Wie früher.«

Sie fixiert die leere Knödelschüssel und fragt: »Wo ist eigentlich deine Unterkunft?«

Was jetzt? Damit hat er nicht gerechnet. Nur keine Blöße geben. »Ein Freund von mir, der wohnt im Ort, an der Hauptstraße«, antwortet er.

»Ach wirklich?«

»Ja, er hat ein Sofa. Darauf schläft man wunderbar.« Das wird sie ihm nicht glauben.

»Hat er nicht«, sagt sie.

Erwischt. Sein Hals fühlt sich an, als hätte er den letzten Knödel als Ganzes verschluckt.

»Ich bin die einzige Person hier, die du kennst, stimmt's?« Einen Moment hält sie inne und sagt dann mit gespielt ernster Miene: »Also heute fährt kein Bus mehr, mein lieber Freund!« Sie bläst die Kerze aus, schaut ihn an und nimmt seine Hand.

Die Temperatur im Schlafzimmer erinnert an das Innere eines Kühlschranks. Die Luft riecht frisch wie in seinem Zimmer im Altersheim: geöffnetes Fenster beim Schlafen, ganzjährig. Vielleicht haben sie sich deshalb so gut gehalten?

Sein Blick streift durch den Raum und bleibt an einer kleinen goldgerahmten Kohlezeichnung neben dem Frisiertisch hängen.

»Das Bild kenne ich!«, sagt er erfreut.

»Es ist das einzige gezeichnete Porträt, das es von mir gibt. Ich mag es sehr.«

»Da waren wir sechzehn, glaube ich.« Es war im Frühjahr, im Weingarten seiner Eltern.

»Ich finde, du hast die Essenz meines Wesens bloßgelegt«, sagt sie.

»Ich war damals verliebt in dich.«

»Ich weiß.«

»Immer, wenn ich frei war, hattest du jemanden – und immer wenn ich jemanden hatte, warst du frei«, sagt er.

»Irgendwie verquer, die Zeit passte nie.«

»Passt sie jetzt?«

»Wir sind alt.«

»Wir leben noch.«

Sie lacht. »Du bist lustig.«

»Das ist meine Art, ernst zu sein.« Er breitet die Arme aus und sie lehnt sich an seinen Oberkörper. Ihm ist augenblicklich bewusst, was die vielen Jahre fehlte.

Sie greift nach dem Buch auf dem Nachtkästchen und sagt: »Eine Novelle. Flott zu lesen – und hochspannend. Es handelt von einer Krimiautorin, die mit ihrem Hund am Waldrand in einem alten Bootshaus lebt.«

Die beiden liegen im Bett, sie lauscht seinen Worten. Wie in ihrer Jugend. Oft haben sie sich abwechselnd vorgelesen, manche Theaterstücke gemeinsam szenisch rezitiert. Mit Freude liest er kraftvoll, genießt die private Bühne, das intime Publikum.

Sie legt ihre Brille ab. »Nimmst du mich in den Arm?«

Die Eindrücke der vergangenen Stunden feuern in wildem Stakkato in seinem Kopf umher. Alles ist wie im Traum, obwohl es überaus real ist. Kann ein Traum dreißig Jahre dauern?

»Dann kann ich nicht mehr weiterlesen.« Es wäre ihm recht. Kann ein Traum plötzlich wahrhaftig werden?

»Passt schon«, antwortet sie. Kein Traum.

Er legt das Buch zur Seite, rutscht näher an sie heran. Ihr Kopf liegt auf seiner Brust, als sie lange ausatmet.

»Ich finde es schön, dass du dich noch immer erinnerst.«

»Woran?«

»An meinen Spitznamen.«

Er schmunzelt. »Wie hätte ich jemals vergessen können, wie wir uns kennenlernten?«

Ihre Familie war vor Kurzem eingezogen. Sie hatten einander zuvor erst ein einziges Mal im Stiegenhaus gesehen. Bei der Hausarbeit hatte sie zum Reinigen von braunen Teerändern ihre Hand in eine Porzellankanne gesteckt und nicht mehr herausbekommen. Sie sah ihn vor dem Küchenfenster vorbeihuschen, rief ihn zu sich und bat verzweifelt um Hilfe.

»Kandldirndl«, neckt er sie. Es war seine Wortkreation. Das Dirndl mit dem Kandl.

»Ich dachte, du findest mich total meschugge.«

»Ich fand dich wahnsinnig lustig.« Er lacht lausbübisch.

»Und ich war unglaublich zornig! Ich wollte dir die Kanne an den Kopf schlagen, als du mich ausgelacht hast. Aber dann wäre sie ja kaputtgegangen«, sagt sie. Die beiden schmunzeln.

»Rückblickend bin ich glücklich über diesen Fauxpas.« Sie holt Luft. »Vergangene Woche ist sie zerbrochen.«

»Das tut mir leid.«

»Schon gut. Ich brauche sie nicht mehr.« Sie hebt ihren Kopf, um ihn anzusehen. »Schlapfenspezi!«

Er schmunzelt. »Nur du hast mich so genannt.«

»Das beruht auf Gegenseitigkeit.«

»Ich gehe immer noch gerne in Schlapfen.«

»Hab ich gesehen.« Sie legt ihren Kopf entspannt auf seine Schulter und schließt die Augen. »Könntest du bitte das Licht abdrehen?«

Er knipst die Nachttischlampe aus und sagt: »Der Postler kam genau zur rechten Zeit. Fast hatte ich vergessen, was es bedeutet, zu leben.«

»Gute Nacht!«, sagt sie sanft.

»Gute Nacht, Kandldirndl, und schlaf gut!«

Denny Sachs

Ein Katzenmittwoch

Sehr geehrter Leser, es mag plötzlich kommen, aber ich habe eine Bitte an Sie:

Bitte lesen Sie nicht weiter!

Sie sind noch da, nicht wahr? Ich erwarte auch nicht, dass Sie meiner Forderung umgehend nachkommen. So ganz ohne Zusammenhang haben Sie natürlich keinen Grund, meinem Ansuchen zu folgen. Aus diesem Grund will ich Ihnen keinen Vorwurf machen, dass Sie gerade das Leben meiner Tochter Mana aufs Spiel setzen. Ja, ich weiß, es klingt drastisch und mir wäre es lieber, wenn Sie jetzt das Buch beiseitelegen würden. Aber wie es aussieht, komme ich nicht umhin, Ihnen mehr über das Problem zu erzählen, auch wenn dadurch der Tod meines Kindes näher rückt.

Sehen Sie den Kater, der sich gerade im Wandschrank durch ein Meer aus ungetragenen Kleidern und Make-up Utensilien wühlt? Ich nenne den Kater Graf Koks, da er redet wie ein Adliger, der, entmachtet, zur Schufterei auf einen Bauernhof gezwungen wird. Oft leckt er sich stolz das Fell, ist sich aber nicht zu fein, die Narben zu zeigen, die ihm seine Vorbesitzer zugefügt haben. Die Angestellte im Tierheim warnte mich damals davor, dass Graf Koks mitten in der Nacht lauthals Geschichten von Franz Kafka rezitierte. Da mir alte deutsche Literatur gefällt, war das kein Problem für mich. Meine Tochter Mana konnte das nicht leiden. Sie glaubte, dass sein Lusttrieb ihn zu dieser Art von Störereien veranlasste und machte einen Termin beim Tierarzt. Graf Koks erzählte sie, dass sie eine Reise zum Fischmarkt in Tsukiji machen würden, doch anstatt seine Zähne in einen saftig-dicken Fisch zu schlagen, wachte er nach der Kastration auf dem Operationstisch des Tierarztes auf. Mit den Hoden verlor er auch Stolz und Lebenslust. Er hockte nur lethargisch auf dem Fensterbrett und schaute den Nachbarskindern gähnend beim Spielen zu. Ist es nicht ironisch, wie bei Lebewesen ohne Fortpflanzungstrieb scheinbar jeder Antrieb verloren geht? Fast, als drehe sich im Leben alles im Endeffekt um Fortpflanzung ...

Jetzt fragen Sie sich sicher, warum ich Ihnen dieses unwichtige Detail aus dem Leben des Katers erzähle.

An diesem Tag hat sich Graf Koks geschworen, Mana eines Tages auf besonders grausame Weise um die Ecke zu bringen. Und jetzt, da ich nicht mehr lebe, kann ich ihn nicht mehr aufhalten. Wenn ich meine Kraft zusammennehme, könnte ich Mana maximal auf die Schulter tippen, woraufhin sie sich fragend umdrehen und weiter ihr Leben leben würde. Ich befinde mich auf der Schwelle des Todes, vor mir ist das Reich der Lebenden, in das ich nicht mehr zurückkehren kann, und hinter mir ist ein Strudel ins Jenseits, der unablässig an mir zieht. Mit dem

Versuch, mich endlich zu befrieden. Mein zwielichtiges Dasein nagt an mir und droht, mich in eine farblose Seele zu verwandeln. Je länger ich hier verweile, umso mehr verliere ich alle Erinnerungen an mein früheres Leben und verwandle mich in eine tobende Gestalt, die nicht mehr weiß, wohin. Ich habe Angst, meine Tochter und meinen Mann zu vergessen, kann aber erst ins Jenseits einkehren, wenn ich weiß, dass Mana in Sicherheit ist. Sie hat es verdient, in Frieden zu leben. Deswegen möchte ich meine ungewöhnliche Bitte noch einmal wiederholen:

Hören Sie sofort auf, weiterzulesen!

Ich weiß, eine Geschichte, die man anfängt zu lesen, sollte man auch beenden. Schließlich wollen Sie ja auch wissen, wie die Sache ausgeht. Doch ich möchte, dass Sie bei dieser Geschichte eine Ausnahme machen. Ich kann dem Tod kein Schnippchen schlagen und ein Happy End wartet auch nicht auf mich. Ich weiß, dass Sie nicht leicht zu überzeugen sind, denn schließlich lesen Sie weiter, wie ich merke. Vielleicht glauben Sie mir auch nicht, dass mir meine Tochter wirklich am Herzen liegt.

Die letzten Jahre verbrachte sie damit, mich zu pflegen, erst zuhause und als sich mein Zustand verschlimmerte, im Krankenhaus. Sie verbrachte die Wochenenden damit, meine Hand zu halten und mir Mut zuzusprechen, anstatt rauszugehen und ihre Freunde zu treffen. Ich habe ihre Zeit verschwendet. Bevor ich krank wurde, hatte sie mir bereits geholfen, ihren Papa zu pflegen und ihn jedes Wochenende im Rollstuhl durch die Parkanlage des Krankenhauses zu schieben. Er arbeitete seinen Lebtag hart für uns und nun brauchte er unsere Hilfe. Es war ein Geben und Nehmen. Nach seinem Tod bemerkte ich bereits die Krankheit, die sich wie beißendes Ungeziefer in meine Lunge fraß. Vielleicht war das der Preis, den wir zahlen mussten, dafür, dass wir uns erlaubt hatten, trotz hohen Alters ein Kind zu bekommen. Sie kümmerte sich jahrelang um uns, aber hatte selbst niemanden, der sie unterstützte. Genau deswegen wollte ich, dass sie einen Partner findet, auf den sie sich verlassen kann. Aus diesem Grund arrangierte ich eine Ehe für sie und versiegelte die Daten ihres zukünftigen Partners in dem Umschlag, den der Kater gerade aus den alten Unterlagen fischt. Er hopst in die dunkle Küche, wo Mana zwischen Müll- und Wäschebergen liegt und nur vom flackernden Licht über der Spüle erhellt wird. Ich hoffe, Sie, lieber Leser, können ihr das Chaos verzeihen. Sie hat erst vor kurzem erfahren, dass ich gestorben bin. Ich bin mir sicher, dass sie sonst ihre Wohnung sauber hält. Abgesehen von uns beiden weiß bestimmt niemand von ihrer Unordnung. Mana hat nun andere Sachen im Kopf, die wichtiger sind.

Der Kater legt dominant eine Pfote auf Manas Stirn und lässt den Brief auf ihr Gesicht fallen. »Es ist Zeit, endlich aufzustehen, Untertan«, sagt er.

»Lass mich in Ruhe!«, ruft sie. Wütend wirft sie den Brief durch die Küche und ich erkenne wieder das kleine Mädchen in ihr, das sich weigert, die Zähne zu putzen.

Mir kommt es vor, als wäre es erst gestern gewesen, als sie mit ihrer kleinen süßen Jeans-Latzhose und dem pinken Mickey-Maus-Oberteil durch die Küche gehopst ist. Ist es wirklich schon so lange her, dass sie auf meinem Schoß saß und am Esstisch auf Papier kritzelte? Am Anfang war da ein wüstes Tohuwabohu auf dem Blatt, aber bald verwandelte sich das Chaos in abstrakte Figuren und Formen. In der Schule sagten die Lehrer, sie sei ein Naturtalent und dass sie einmal eine große Künstlerin werden könnte. Doch Mana hörte in der Oberschule auf zu zeichnen und begann, sich für Jungs und Make-up zu interessieren. Sie war hübsch und die Jungs liefen ihr hinterher. Rückblickend hätte ich mir erhofft, dass sie einen der Jungs behalten hätte, damit er sie jetzt unterstützen könnte. Zu dieser Zeit holten wir den Kater aus dem Tierheim, um einen Begleiter für Mana ins Haus zu bringen. Vielleicht kommt es nicht so rüber, aber Mana und Graf Koks stehen sich nah. Mana liebt ihren Kater, weil er der Einzige ist, der ihr nach meinem Tod geblieben ist. Graf Koks genießt Manas Anwesenheit ebenfalls, aber aus einem anderen Grund: Er will sie noch zappeln sehen, bevor er ihr den Todesstoß verpasst. Um dieses Ziel zu erreichen, nutzt er sogar meinen Brief, um Mana herauszulocken und seinen Plan Wirklichkeit werden zu lassen. Denn was ist grausamer, als unvermittelt zu sterben, wenn man endlich den Partner für das Leben gefunden hat? Ich weiß, es nervt, wenn ich mich wiederhole, aber:

Hören Sie endlich auf zu lesen!

Nein? Sie sind ja immer noch da. Wollen Sie so lange weiterlesen, bis meine Tochter tot auf dem Asphalt liegt? Wollen Sie mir das wirklich antun? Nein. So sind Sie nicht. Sie wollen einfach noch mehr Infos von mir, nicht wahr? Na gut, machen wir es doch so: Ich erzähle Ihnen von Herrn Ka, dem Mann, der Mana heiraten soll, denn vielleicht verstehen Sie die Lage dadurch besser und mit etwas Glück sind Sie dann so gelangweilt, dass Sie aufhören, zu lesen.

Herr Ka arbeitet als Beamter im Toshima-Bezirk und lernt Deutsch in der Freizeit ... Langweilig, nicht wahr? Seine Wohnung ist steril und leer wie ein Raum im Krankenhaus. Im Wohnzimmer stehen ein hölzerner Tisch mit zwei Stühlen und eine Kommode mit Schreibzeug. Das einzige bemerkenswerte Objekt im Raum ist sein Jute-Beutel mit Kaiser-Friedrich-Aufdruck, der über der Stuhllehne hängt und zum Einsatz kommt, wenn Ka in einem Bioladen nahe dem Ōtsuka-Bahnhof einkauft. Als Angestellter bei der Stadt muss sich Ka keine Sorgen machen, denn er hat ein angenehm hohes Gehalt, eine sichere Position und muss keine Überstunden leisten. Und zusätzlich, wie die Kirsche auf der Sahne, ist er bei bester Gesundheit. Einen besseren Kandidaten kann es gar nicht geben. Okay ... Mana wird sich wahrscheinlich darüber aufregen, dass er etwas zu dick ist, aber das sollte kein großes Hindernis darstellen. In ihrem Alter sind die Auswahlmöglichkeiten limitiert und Ka ist perfekt, so wie er ist.

Sein einziges Problem – zumindest aus meiner Sicht – ist der Gebühreneintreiber des NHK, der jede Woche vor seiner Tür steht. Herr Ka bezahlt seine Rundfunkgebühren stets pünktlich und ordnungsgemäß, also gibt es keinen Grund, warum der Herr vom Staatsfernsehen bei ihm klingeln sollte. Doch Ka ist die einzige Seele im Haus, die ihm die Tür öffnete und der einzige Mensch, mit dem dieser reden kann. Ka nennt den Mann vom Staatsfunk scherzhaft „Baron NHK". Beide genießen den Plausch im Flur wie einen guten Wein. Vor allem interessiert sich der Gebühreneintreiber für die Sache mit Mana, und Herr Ka war glücklich, jemanden gefunden zu haben, der arrangierte Ehen nicht grundsätzlich ablehnt.

Doch lassen Sie sich nicht täuschen, lieber Leser. Baron NHK ist von Neid zerfressen! Sein Leben lang versucht der Baron, sein Leben aufrichtig zu leben, bei Streitereien beide Seiten zu hören und Konflikte zu schlichten. Doch letzten Endes bleibt er einsam und allein, wohingegen Ka drauf und dran ist – scheinbar ohne jede Anstrengung – eine Partnerin zu bekommen. Einfach so! Das findet Baron NHK unglaublich ungerecht und während er vor ein paar Tagen mit Ka sprach, rieb er die Zähne wie Mahlsteine aufeinander und versuchte, die Fassung zu bewahren. Dabei sagte er Dinge wie:

»Ich habe gehört, arrangierte Ehen sind glücklicher und halten tatsächlich auch länger.«

Ka nickte zustimmend.

»Wenn wir frei entscheiden, müssen wir auch die Verantwortung dafür übernehmen und fragen uns stets, ob es nicht etwas Besseres gibt. Wenn aber andere für uns entscheiden, können wir die Verantwortung abgeben und uns darauf ausruhen, dass wir keine Wahl hatten. Viele leben damit besser.«

»Sind Sie denn froh, gezwungen worden zu sein?«, fragte der Mann vom Rundfunk.

»Ich habe mich frei dazu entschieden, mich zwingen zu lassen. Ich bin glücklich«, erwiderte Ka und grinste breit. Das regte Baron NHK auf und er ballte die Faust versteckt hinter seinem Rücken, bereit, Mana zu töten und Ka genauso einsam dastehen zu lassen wie ihn selbst.

Verstehen Sie mich, lieber Leser? In dieser Geschichte gibt es zwei Figuren, die meine Tochter töten wollen! Deswegen bitte ich Sie: Ich möchte nicht, dass die drohende Zukunft Wirklichkeit wird! Vielleicht haben Sie noch kein richtiges Verständnis von Zeit, wodurch es sinnlos ist, mit Ihnen über die Zukunft oder die Vergangenheit zu reden. Also lassen Sie sich kurz von mir belehren:

Wir Menschen glauben stets, dass die Zeit eine klare Linie mit einer bestimmten Vergangenheit sei, die auf eine unbestimmte Zukunft hinausläuft. Doch das ist nicht wahr, wie ich nach meinem Ableben begriffen habe. Die Zeit ist keine Linie, sie ist ein Punkt. Vergangenheit, Gegenwart und Zukunft passieren gleichzeitig und können jederzeit ineinander übergehen, denn Zeit ist kein Konzept, sondern ein Stoff wie Wasser oder Stein. Und kann sich deswegen verflüssigen, verfestigen oder gar in Gas auflösen. Mit jedem Buchstaben, den Sie lesen, verwandeln Sie den jetzigen Moment in eine grausame Zukunft. Und wenn Sie rückwärts lesen, befinden wir uns wieder in der Vergangenheit! Wenn Sie, lieber, ehrenwerter Leser, aber aufhören zu lesen, dann kann die Zeit nicht weiterlaufen. Dann werden wir uns auf ewig in der Gegenwart befinden, unfähig vor- oder zurückzugehen. Und ich, ich kann für immer in diesem Moment weilen, in dem meine Tochter lebt. Deswegen, bitte, hören Sie auf zu lesen.

Nein? Warum tun Sie das? Ich sehe, Sie sind noch da. Sie wollen sehen, was am Ende passiert. Sie wollen sich daran ergötzen, wie meine Tochter stirbt. Ich verstehe ... Jede Geschichte, die Sie einmal angefangen haben, wollen Sie auch beenden, nicht wahr? Sie sind ein Mensch mit Prinzipien, so viel will ich Ihnen zugestehen. Vielleicht ist die Situation nicht dringlich genug für Sie, denn noch ist gar nichts passiert, nicht wahr? Sie suchen die Eskalation. Gut, dann lassen Sie uns weitergehen.

Zu der Zeit, als ich Ka im Stadtbüro des Toshima-Bezirks aufgesucht habe, erinnerte das alte Gebäude noch an ein heillos überfülltes Lazarett. Die Luft war stickig und Leute riefen quer durch das offene Großraumbüro, das nur von einem Tresen von den Antragstellern getrennt war. Ich zog eine Nummer und setzte mich zu den anderen einhundert Leuten, die mit gereiztem Blick darauf warteten, endlich abgefertigt zu werden. Das Gebäude war über die Jahrzehnte ergraut und erdrückte die Wartenden mit seinen engen Fluren und kalten Mauern. Eingequetscht zwischen zwei schreienden Kinderwagen hielt ich es nicht mehr aus und verlangte, endlich Ka zu sehen. Zufällig stand dieser am Tresen und stützte sich schwitzend darauf ab wie ein verletzter Soldat. Er sah so aus, als würde er eine große Schlacht führen, nicht nur mit den Antragstellern, sondern vor allem mit sich selbst. Ich wusste nicht, welchen Kampf er ausfocht, doch ich spürte, dass ich ihm helfen konnte. Meine Bitte, Mana zu heiraten, schien ihm die Kraft zu geben, weiterzuleben. Auch er brauchte jemanden, auf den er sich stützen konnte, wenn er schwach wurde.

Mana hat sich übrigens fertig gemacht und sich auf Druck des Katers in Richtung des neuen Stadtbüros begeben.

Sehen Sie, wie die Zeit vergeht? Wie mir die Stunden und Sekunden durch die Finger gleiten? Warum hören Sie nicht auf? Sind Sie ein Sadist?

Im Gegensatz zu mir findet meine Tochter jetzt einen modernen Prachtbau vor, der nicht zusammengestaucht, sondern üppig in die Höhe gezogen ist. Auf dem Gebäude gibt es sogar den *Wald von Toshima*, eine begehbare Gartenanlage mit plätscherndem Bach, der sich vom Zehnten bis zum Erdgeschoss über mehrere Stockwerke erstreckt.

Draußen stiert ihr Kater verstohlen in die Eingangshalle. Graf Koks ist Mana gefolgt und wartet vor dem Gebäude. Um nicht von ihr erkannt zu werden, hat er sich eine Sonnenbrille und Baskenmütze aufgesetzt. Mana fragt sich im Stadtbüro zu Ka durch, bis sie schließlich am Tresen zu dessen Abteilung steht. Ein Mitarbeiter erklärt ihr, dass sich Ka in der Pause befindet und sich nahe des Stadtbüros aufhält. Mana nickt ... Und ... dieses Lächeln ...

Oh! Entschuldigen Sie. Ich habe fast vergessen, wie schön meine Tochter ist. Auch wenn sie mit den straßenköterblond gefärbten Haaren und der deutschen Armeejacke aussieht wie eine rebellische Studentin. Ich habe Herrn Ka schon gesagt, dass sie exzentrisch ist, aber er meinte, ihn störe das nicht.

»Jemand, der Deutschland mag, kann kein schlechter Mensch sein«, sagte er mir damals.

Ich hoffe sehr, dass sich die beiden verstehen. Was denken Sie? Ich wünschte, ich könnte herausfinden, was Mana über Herrn Ka denkt. Aber mehr als ein »Ja ja, Mama« und ein genervtes Augenrollen habe ich ihr diesbezüglich nie abringen können. Ich habe ein ganz furchtbares Gefühl. Bitte, hören Sie am besten sofort auf zu lesen!

Nein? Immer noch nicht? Wie lange wollen Sie weiterlesen? Wollen wir vielleicht ein Abkommen treffen? Sie lesen noch diese Seite und legen das Buch dann weg? Ja? Machen wir das so? Okay! Deal!

Sie läuft in Richtung der Hochautobahn, die sich über den Straßen Tokyos entlang schlängelt und verpasst den

Anblick Graf Koks' und Baron NHKs, die auf dem Parkplatz neben dem Stadtbüro stehen.

Sehen Sie endlich, was hier passiert? Nicht nur wollen beide meine Tochter tot sehen, nein, diese Ausgeburten der Hölle haben sich auch noch zusammengetan, um meine Tochter zu töten! Ich vermute, dass Baron NHK im selben Bezirk Gebühren einsammelt, in dem Mana lebt, wo er Graf Koks kennengelernt und von ihr gehört haben muss. Wie es aussieht, hat mein Versuch, sie zu verkuppeln, erst dazu geführt, beide auf den Plan zu rufen. Es ist alles meine Schuld!

»Okay, ich stelle mich auf der Straße tot«, sagt Graf Koks und rückt seine Sonnenbrille zurecht.

»Mana stürzt auf die Straße, um nach mir zu sehen und dann kommt Ihr Einsatz.«

»Alles klar«, erwidert Baron NHK. »Ich lasse den Motor hinter der Ecke heißlaufen und wenn sie auf die Straße geht, komme ich hervor und überfahre sie.«

»Und was machen wir mit Ka?«

»Um den müssen wir uns keine Sorgen machen. Er ist nicht der Typ, der sich in Todesgefahr stürzt, um andere zu retten. Er wird einfach nur dastehen wie ein Esel.«

»Das klingt nach einem fulminanten Plan!«

Haben Sie das gehört? Wollen Sie das? Hassen Sie meine Tochter so sehr, dass Sie sie tot sehen wollen? Auch wenn Sie selbst kein Kind haben sollten, dachte ich, Sie könnten mitempfinden, wie es mir geht. Sie haben übrigens unsere Abmachung gebrochen!

Aber wissen Sie was? Ich habe eine Idee. Vielleicht verstehen Sie mich dann. Legen Sie Ihre Hand auf diese Buchseite. Ich weiß zwar nicht, ob bei Ihnen die Seite aus Papier besteht oder Sie auf einem Bildschirm lesen, doch ich weiß, dass uns gerade nur eine Wand aus Buchstaben trennt. Wenn Sie Ihre Hand auf das Buch legen, können wir uns berühren, denn ich lege meine Hand von der anderen Seite auf. Tun Sie es. Lassen Sie Ihre Hand auf dem Buch liegen. So lange, bis Sie mich spüren. Tun Sie es jetzt!

Spüren Sie mein Herz schlagen? Nein? Fühlen Sie gar nichts? Legen Sie die Hand noch mal auf. Jetzt.

Spüren Sie die rauen Fasern des Papiers oder die kleinen Kratzer in Ihrem Display? Konzentrieren Sie sich darauf. Ich glaube, ich spüre eine sanfte Wärme, die von Ihren Fingern ausgeht. Ich denke, Sie sind ein wundervoller Mensch, sanftmütig und rein. Aus diesem Grund werden Sie jetzt bestimmt augenblicklich aufhören zu lesen ...

Nein?

Ich hoffe, Sie schneiden sich am Papier und verbluten! Zwischen mehreren Stützsäulen der Autobahn, die durch grünen Maschendraht und Gerümpel eine Art Kabuff bilden, findet Mana Ka, der sich zu einem Karton herunterbeugt, in dem kleine Kätzchen erfolglos versuchen, über den Rand zu klettern.

»Wird Ihr Name wirklich mit dem Schriftzeichen für Mücke geschrieben?«, bricht Mana die Stille und steckt ihre Hände in die Taschen der ausgemusterten Soldatenjacke, die sie auf dem Deutschlandfest im Aoyama-Park gekauft hat.

Ka lässt die Katzen aus seiner großen Hand fressen und schaut lächelnd auf. Er weiß sofort, wen er vor sich hat.

»Meine Eltern mussten viel Überzeugungsarbeit leisten im Amt, um den Namen durchzukriegen.«

»Darf man denn so heißen?«

»Seitdem ich selbst in einer Behörde arbeite, weiß ich, dass alles möglich ist, wenn man die richtigen Leute kennt. Wirklich alles.«

»Aber warum ausgerechnet dieser Name?«

»Warum weiß ich auch nicht. Aber wenn Sie wollen, können wir beide sie mal fragen«, sagt Ka und streichelt die herrenlosen Katzen. Mana kneift die Augen zusammen.

»Ich bin nur hier, um Ihnen zu sagen, dass aus der Heiratsnummer nichts wird.«

Ka nickt.

Nichts wird? Wie bitte?

»Das ist okay.« Er steht auf und sieht sie mit einem Ausdruck an, der für mich schwer zu deuten ist. Ist er denn nicht enttäuscht? Und was zur Hölle denkt sich Mana? Warum lässt Sie Herrn Ka einfach stehen? Ich habe so viel Zeit aufgewendet, um den perfekten Partner für sie zu finden, und jetzt bricht sie die ganze Sache ab. Einfach so?

»Aber schön, Sie kennengelernt zu haben, Mana«, sagt Ka.

Sie dreht sich um und begibt sich wieder auf die Straße vor den Stützsäulen der Autobahn.

Ich habe versagt. Wie konnte ich so naiv sein und glauben, dass meine Tochter eine arrangierte Ehe eingehen würde? Wie konnte ich so dumm sein?

Sie bemerkt den Kater, der sich auf der Straße tot stellt.

Es hat begonnen! Mana wird sterben! Hören Sie sofort auf, zu lesen!

Sie springt auf die Straße und beugt sich zu Graf Koks hinunter, der innerlich schreit vor Lachen. Aus der entfernten Kurve sieht man Baron NHKs giftgrünen Wagen näherkommen. Bevor Mana das Dröhnen des Wagens bemerkt, springt der Kater plötzlich auf und Mana erstarrt.

Aufhören!

Baron NHK beschleunigt weiterhin, um Mana keine Sekunde für ihre Flucht zu lassen.

Stopp!

Okay! Ich habe eine Idee! Sie überblättern jetzt diese Geschichte und springen direkt zur nächsten!

Nein?

Nein?

Okay, wissen Sie was? Diese Geschichte endet hier. Hier gibt es nichts mehr zu sehen!

ENDE

Sie sind der furchtbarste Mensch, den ich kenne.

Ich nehme all meine Kraft zusammen, um Mana aus dem Weg zu schubsen, doch alles, was ich erzeuge, ist ein Luftstoß, der Manas Kragen streift. Sie wird vom Wagen erfasst und schlägt auf der Motorhaube auf. Ich habe dem Sog des Jenseits nichts mehr entgegenzusetzen, er zerrt stärker an mir und nimmt mir jede Erinnerung ans frühere Leben.

Ich versuche, mich gegen den Strudel zu stemmen und greife nach meinen Erinnerungen, die mir davonfliegen wie Kanarienvögel. Einer dieser Vögel hat die Form meiner Tochter.

Tochter? Ich habe eine Tochter? Ich habe das dumpfe Gefühl, einst eine gehabt zu haben, doch ich erinnere mich nicht. Wie ist ihr Name? Moment. Wovon rede ich da? Ich habe keine Tochter. Ich bin allein in diesem Zwielicht. Weder in der Welt der Lebenden noch im Jenseits gibt es jemanden, der auf mich wartet. Auch Sie werden mir nicht helfen, lieber Leser. Nicht wahr? Ich habe das Gefühl, dass Sie mir etwas Schlimmes angetan haben, aber ich erinnere mich nicht mehr. Was haben Sie getan? Ich werde Sie auf ewig verfolgen. Wenn Sie eines

Tages an der Klippe stehen und nur ein Lufthauch aus-
reicht, um Ihr Leben zu beenden, dann seien Sie gewiss,
dass ich da sein werde.

Die Flügeltüren der Todespforte schwingen auf und
meine Gedächtnislücken werden mit Erinnerungen an
Mana geflutet. Sie steht auf der Türschwelle und als sie
mich sieht, streckt sie die Arme aus. Ich beiße die Zähne
zusammen und stemme mich gegen den Strudel, der
mich unablässig von meiner Tochter wegzieht. Mana ist
nicht traurig, dass ihr Leben ein abruptes Ende genommen hat, sie ist vielmehr erleichtert. Aus ihren Erinnerungen lese ich, dass sie die ganze Zeit vom Plan des Katers wusste und ihn hat gewähren lassen. Sie wollte nur
mich und ihren Vater wiedersehen.

Sie findet Herrn Ka sympathisch, aber möchte keine
Beziehung mit ihm eingehen, da sie glaubt, auch sehr
bald so schwer zu erkranken wie mein Mann und ich.

Sie ruft etwas, nur leider erreichen ihre Worte meine
Ohren nicht. Ich weine und lächle sie an. Endlich kann
sie mich sehen, wie ich immer wollte, dass sie mich sieht:
stark und aufrecht und nicht zusammengekrümmt wie
ein krankes Tier.

Lieber Leser, ich möchte mich ein letztes Mal an Sie
wenden. Vielen Dank, dass Sie mir bis zum Schluss bei-
stehen. Sie hatten von Anfang an recht. Es hat keinen
Sinn, die Augen vor dem Unvermeidlichen zu verschlie-
ßen. Man muss sich seinen Dämonen stellen, sonst

kommen sie eines Tages und holen einen. Danke, dass Sie mir geholfen haben, diese Lektion zu lernen. Ich wünsche Ihnen alles Gute für die Zukunft.

Ich stemme mich ein letztes Mal gegen den Sog und packe die Flügeltüren der Todespforte. Vielleicht glaubt sie jetzt, dass ich kaltherzig sei und sie ablehne, doch ihre Zeit ist noch nicht gekommen. Ich hoffe, dass sie mir verzeihen kann, dass ich sie in die kalte Welt der Lebenden zurückstoße. Aber hoffentlich wird sie es eines Tages verstehen. Der Tag, an dem wir wieder vereint sind, wird kommen, so oder so. Aber es gibt keinen Grund, diesen Moment zu überstürzen. Mein Mann und ich werden auf sie warten. Mit einem kraftvollen Schlag schließe ich die Pforte des Todes und Mana taucht wieder im Reich der Lebenden auf, in den Armen von Ka, der ihr mit tränenverschmierten Gesicht Mut zuruft. Ich hoffe, dass sich die beiden in Zukunft gut verstehen werden. Egal, ob als Paar oder als Freunde.

Ich lasse mich fallen und gebe mich dem Jenseits hin. Im hellen Sog der anderen Seite sehe ich bereits meinen Mann, der mich mit ausgebreiteten Armen auffängt.

Wiebke Tillenburg
Regenwelten

Mit klammen Fingern halte ich den zerknitterten Briefbogen. Meine Hände sind nicht in der Lage, seine Ober-
fläche zu ertasten, doch sie erinnern sich an das Strei-
cheln grob geschöpften Papiers. Ich habe nicht mit einem Brief gerechnet. Nicht mit einem solchen. Nicht mit
ihr.

Wie ein Wink aus der Vergangenheit flatterte er in
mein neues Leben. Der Gedanke lässt mich schmunzeln:
Mein neues Leben. So ähnlich hat sie es auch immer gesagt.
Dabei war es nicht ihr Leben, das sie änderte, sondern
sich selbst. Frecher wollte sie werden, verrückter und lauter. Was auch immer das bedeutete. Verrückt waren wir
eigentlich immer schon. Verrückt genug, um uns mit
vierzehn eine gemeinsame Reise zu schwören und sie
fünf Jahre später tatsächlich anzutreten.

Obwohl es keine Freundschaft mehr zu beschwören
gab.

Der Nieselregen, der den Brief allmählich aufweicht,
legt sich wie ein feinperliger Schleier auf meine Haare
und den verwaschenen Wollmantel. Ich betrachte die
winzigen Perlen und blicke in das Wasser wie durch ein
Fenster.

In einem Tropfen erkenne ich mich selbst. Einges-
perrt in einem verzerrenden Mantel aus Persönlichkeit,

Erfahrungen und Wünschen. In den Fensterklecksen um mich herum erkenne ich andere Menschen aus meinem Leben. Sie sticht heraus. Ihre Perle glitzert und leuchtet, eine schmerzende Schönheit. Das Leuchten blendet, das Glitzern sticht. Und als wäre das folternde Duett noch nicht genug, steht in ihrem Zentrum die Absenderin der durchnässten Worte in meiner Hand. Dass diese sich überhaupt dort befinden, ist der Beweis, dass sie sich in ihrer eignen Sphäre nicht wohlfühlt, vielleicht einsam ist. Warum sonst sollte sie einen Brief schreiben, wenn ihr Gewissen sie nicht quälte? Oder war es am Ende Sehnsucht? Oder wieder Selbstsucht?

Eigentlich hatte ich nur kurz zum Bäcker gehen wollen, doch dann fand ich den schweren Umschlag im Briefkasten. Zum Bäcker ging ich nicht mehr, sondern in den Wald. Den Umschlag habe ich auf dem Weg dorthin verloren. Nur mein Name stand darauf. Keine Anschrift, kein Absender, keine Briefmarke. Sie hat ihn selbst gebracht. Hat ihn eingeworfen, ohne zu klingeln. Schreiben statt reden, flüchten statt sehen.

Selbstsüchtig und flüchtig.

Allein mit sich selbst ist sie in ihrem Tropfen. Sie hat nicht nur die Luft zwischen unseren Sphären verpestet, sondern auch den Raum darin. In mir hat sie etwas zerbrochen. Schleichend und schweigsam. Worte benötigte sie keine. Weder gesprochene noch geschriebene, damals zumindest. Es waren eher die Dinge, die sie nicht mehr sagte und nicht mehr tat. Die kleinen Albernheiten auf dem Gang, die Alltagsträumereien, das Lateinversagen.

Sie musste nicht einmal etwas Bestimmtes tun, um sich zu entfernen, sie musste einfach nur sein. Und zwar anders als zuvor. Ihre Persönlichkeit wollte sie neu definieren. Keine Ahnung, wo sie das aufgeschnappt hat, aber in meinen Ohren klang es affektiert. Kein bisschen wie sie selbst. Selbstfindung nannte sie es auch. Sie findet sich und verliert mich. Ein beschissener Tausch, finde ich.

»Wer suchet, der findet«, rufe ich in die Enge meines Tropfens. Hier sitze ich allein und frage mich, ob ich nicht selbst die Schuld trage. Immerhin bin ich es, der ihr neues Ich nicht gefällt. Es ist erstaunlich, wie sehr ihre Veränderung mich verletzt, obwohl sie mir kein direktes Leid zugefügt hat. Vielleicht sollte ich mich freuen, dass sie endlich zu sich gefunden hat. Auch wenn sie mich in meiner Blase jetzt nicht mehr besuchen kann. Lange Zeit war sie die einzige, der ich überhaupt Zutritt gewährte. Für sie teilte sich der glasige Vorhang, der mich schützend umgab. Nur für sie. Da saßen wir dann, schauten uns gemeinsam Filme an, die nur wir mochten, tranken Tee und redeten über ferne Welten. Und dann war sie weg. Am Anfang versuchte ich noch, zu ihr durchzudringen. Doch ich fühlte mich nicht mehr wohl bei ihr. Es war einfach zu eng in ihrer Nähe. Neben ihr war kein Platz mehr für mich.

Gedankenverloren betrachte ich die verlaufene Tinte auf dem einst edlen Büttenpapier. Ein Lächeln drängt sich auf:

Echte Tinte auf Büttenpapier.

Sie weiß, wie sehr ich das liebe. In traurigen Bächen rinnt die Tinte über ein Wort, das noch gut lesbar hervorsticht. *Verzeihung*. Ein trauriges Wort. Und ich weiß nicht, was ich damit anfangen soll. Die Tatsache, dass es etwas zu verzeihen gibt, ist schon schlimm genug. Und offensichtlich gibt es wirklich etwas zu entschuldigen, sonst stünde das Wort nicht dort. Oder nicht?

»Ist Selbstfindung etwas Verwerfliches?«, frage ich eine Buche, die neben mir im Regen steht. Ihre Rinde ist durch die Nässe schwarz wie die Tinte, die jetzt auch über das *Verzeihung* läuft.

»Nein«, schweigt die Buche.

»Aber warum tut es dann so weh? Nach so langer Zeit.«

Der breite Stamm der Buche erbebt, geschüttelt von Lachen. Recht hat sie, was erzähle ich einem Baum von der Zeit und Selbstfindung. Die Buche steht hier. Im Wald. Immer. Bis sie endet.

So viel zur Selbstfindung.

Ich betrachte erneut die verwaschenen Zeilen ohne sie zu lesen.

So eine Schande!

Das schöne Papier, die schöne Tinte, die geliebte Handschrift.

Wütend zerknülle ich den Brief und sperre ihn ein in meine Faust.

Ich blicke mich um, suche nach Orientierung.

Wo bin ich eigentlich hingelaufen?

Der Wald. Natürlich.

Neben mir verläuft ein kleiner Bach aus Regenwasser. Ich ertrage seinen Anblick nicht. Zu sehr erinnert er mich an die postalischen Tränen.

Ich wende mich vom Bach ab. Ich gehe immer abseits der Wege. Freie Richtungswahl also. Immer der Nase nach.

Sie mochte das nicht. Sie brauchte Wege und eine Richtung. Ihre Richtung und ihren Weg. Ich rieche den Waldregen und stelle mir vor, wie er mit der Tinte auch den Schmerz und die Erinnerung wegspült.

Ich bin froh, dass ich den Wald stets sauber hielt. Mit ihr ging ich niemals hierher. Auch mit niemandem sonst. Er gehört mir ganz allein. Keine schmerzhafte Erinnerung wohnt in ihm. Nur meine eigene mit mir allein.

Ich passiere einen Mülleimer und bemerke, dass ich nun doch den Waldweg erreicht habe. Nicht irgendeinen, sondern den Weg. Es ist ein breites asphaltiertes Band, das sich zwischen den Bäumen schlängelt. Einst war es eine Straße, sogar die Markierungen sind noch da. Einsam wacht der Mülleimer über die Sauberkeit an diesem Mahnmal der Zivilisation. Ein stummer Aufruf. Im Boden neben ihm sind noch die Sockel einer Bank zu erkennen, die hier mal stand. Eine Bank am Straßenrand. Wer will da schon sitzen?

Ihr hätte das gefallen. Auf so einer alten Straße kann man sicher gut *joggen* gehen. Das Wort fühlt sich komisch an. *Joggen*. Natürlich nur mit Musik auf den Ohren. Bloß nichts hören. Bloß nichts sehen. Und am besten in Begleitung, auch mit Musik. Nebeneinander, nicht miteinander, aneinander vorbei.

Ein Lachen drängt die Tränen aus meinen Augen, die ich bisher nicht bemerkt hatte. Mit dem zerknüllten Brief ziele ich auf den Mülleimer, werfe und treffe daneben. Im Sportunterricht hätten wir gemeinsam darüber gelacht. Ich gehe zu dem nun dreckigen Knäuel, hebe es auf und versenke es endgültig im Mülleimer. Ich sehe es am Boden des fast leeren Behältnisses liegen.

Dort liegt sie, unsere lange Freundschaft, eine veraltete Liebe, ein verdrängtes Wir. Neben einem zerdrückten Trinktütchen und einem roten Plastikbeutel, randvoll mit Hundescheiße. »Sauber«, denke ich und wende mich endlich ab.

Wieder zwischen die Bäume, zurück in die Sicherheit. Die Tränen sind weg und ich spüre den Regen. Keine Fenster, bloß Wasser.

Magret Kindermann

Das Sonnenzimmer

Sie wissen nicht, wer ich bin oder sollte ich besser sagen: wer ich war? Freundlich sind sie, aber sie machen mir zu viele Witze. Lieber würde ich ein ehrliches Wort hören, doch die sind verbannt. Hier müssen sie lachen, um abends noch nach Hause gehen zu können. Dieser Ort ist ein Hospiz und meine Aufgaben sind abgeschlossen. Mir geht es gut. Nach langer Zeit darf ich aufhören, zu kämpfen.

»Haben Sie heute keinen Hunger?« Das ist Vera, sie arbeitet hier. Ich mag sie, denn sie ist verliebt, mal unglücklich, mal glücklich. Ihre Wangen leuchten so schön, außerdem versinkt sie gerne in Gedanken, was mir Zeit für mich gibt.

»Gibt es Zupfkuchen?«, frage ich.

»Am Freitag wieder.«

»Zitronenkuchen?«

»Ja.« Sie knautscht meine Schulter und lächelt, als verdiene ich all ihren Respekt und als ob sie niemals so alt werden würde. Ich lächle zurück, weil ich mich über die Berührung freue und es besser weiß.

»Ihr Sohn kommt heute.«

»Ist denn schon Freitag?«

»Er kommt immer mittwochs.«

Ich nicke. Sie denken, ich bin verwirrt, dabei habe ich

nur aufgehört zuzuhören. Vera geht und ich atme auf. Ich mag Gesellschaft, aber sie zieht mir einen Hut auf, der mir nicht passen mag. Früher war ich vieles. Einzelkind, beste Freundin, Studentin, Abenteurerin, Autorin, Journalistin, Urlauberin, Patientin, Liebe des Lebens, Mutter, Witwe. Wer mich heute betrachtet, sieht davon nichts mehr, ich bin eine alte Frau, eine Oma.

Jemand stöhnt, es ist Marvin aus Zimmer 35. Er geht jeden Tag die Flure auf und ab und leidet, als ob der Tod ihn vergessen habe. Er kommt nie zu mir herein. Ich sitze im Sonnenzimmer. Es ist hell erleuchtet, da die Fenster hoch und breit sind. In der Mitte steht eine ziegelrote Couch, auf dessen Lehne ich täglich meinen Arm lege, seit ich vor zwei Wochen ankam. Ich gehe ungern woanders hin, denn der Platz ist schön. Die Sicht über die Parkanlage und den angrenzenden Wald sollen meine letzte sein, wenn ich es mir aussuchen kann. Die Bäume standen schon vor meiner Geburt dort und werden mich noch lange überdauern. Außer der Kirschbaum, der sieht jung aus. Vielleicht sind wir in einem Alter.

»Mama?«

Ich blicke in das Gesicht meines Sohnes, er ist das Ebenbild seines Vaters.

»Hallo, mein Schatz!«, sage ich und will aufstehen, doch er hindert mich. Er beugt sich zu mir runter und küsst mich auf den Haaransatz.

»Ich habe Kuchen für dich dabei. Die Schwester sagte, du wolltest welchen.«

»Vera«, sage ich und nehme den Teller entgegen. Gelber, saftiger Teig mit einem süßsauren Zuckerguss. Die Kuchen sind mein neuer Beweis, dass die Zeit vergeht, jeden Tag gibt es einen anderen.

»Dass dir nie der Appetit vergeht«, sagt mein Sohn. »Selbst an diesem Ort.«

»Hier ist es schön. Schau.« Ich nicke dem Fenster zu. Über den Rasen huschen zwei Eichhörnchen. »Außerdem hatte ich schon oft genug im Leben keinen Hunger.«

Vor neun Jahren verstarb der Mann an meiner Seite. Unser Sohn war früher aus den Flitterwochen zurückgekommen, um mich für eine Zwangsernährung im Krankenhaus einzuweisen. Er redet nicht gerne darüber. Was die Vergangenheit betrifft, ist er ganz sein Vater, er möchte sie nicht wieder ausgraben. Aber wer keine Zukunft mehr hat, besteht nur aus Erinnerung.

»Ich habe dir etwas mitgebracht«, sagt mein Sohn. Er setzt sich neben mich und versinkt in der Couch. »Immer diese weichen Oma-Polster!«

»Alte Menschen wiegen nicht mehr viel.«

»Es gibt auch fette Alte.«

»Selten. Wer in die Jahre kommt, magert ab.« Ich meine Krankheiten.

Sein Gesicht verzerrt sich. »Iss.« Mein Krebs gehört auch in die Vergangenheit. »Du bist noch immer eine Schönheit.«

Noch etwas, das er von seinem Vater hat, die Komplimente. Ich lächle und schiebe mir Kuchen in den Mund.

Zucker und Zitrone. Ich merke, dass ich ihn nicht essen will. Nach einem Bissen stelle ich ihn zur Seite. »Ich esse ihn später auf. Ich bin noch satt vom Frühstück.«

Er glaubt mir meine Lüge und erzählt mir von einer kürzeren Route von seiner Wohnung zum Hospiz. Er denkt, dass er oft herkommen wird. »Mama?«

»Ja?«

»Hast du mir zugehört?«

»Ja ja.« Habe ich nicht.

Er greift in seine Jackentasche und holt die schmale Schachtel hervor, die zwischen Büchern im Regal stand. Die Wohnung gibt es nicht mehr, zumindest lebt nun jemand anderes darin. Ich schenke den Händen meines Kindes mehr Beachtung als der Schachtel. Die Finger sind eine Kombination aus meinen Genen und denen des Vaters. Ich bin froh, dass mein Sohn unsere Existenz weiter in die Zeit hineintragen wird. Ich dachte mal, die Bücher seien meine größten Werke, doch mit seiner Geburt rückte alles in den Hintergrund.

»Ich dachte, du willst sie vielleicht noch einmal durchschauen. Du hast nicht viel behalten. Ich wusste nicht einmal, dass du überhaupt sentimentale Erinnerungsstücke aufgehoben hast.« Er ist nicht nur sein Vater, auch meine Art steckt in ihm. Nicht oft zeigt er es.

Auf der Schachtel klebt ein weißer Aufkleber mit der verblassten Aufschrift *Briefe*. Es ist meine Handschrift. Ich erinnere mich, wie ich als Studentin mehrere dieser Schachteln fand. Ich beschriftete jede passend zum Inhalt. Für die letzte fand ich keine Verwendung und betitelte sie mit *Nichts*. Ich mochte den Gedanken, noch Platz für Unbekanntes zu haben. Nur die Schachtel mit den Briefen ist übriggeblieben.

»Du kannst sie öffnen, wenn ich gehe.«

Ich schüttele den Kopf und hebe den Deckel. In seinen Augen sehe ich, dass er neugierig ist. Dabei weiß ich selbst nicht mehr, was mich erwartet. Oben liegt ein Polaroid meiner Mutter, bevor ich geboren war. Es ist mein Lieblingsbild, weil sie darauf glücklich und frei aussieht. Mit einer solchen Leichtigkeit habe ich sie nie erlebt. Es folgen mehrere Briefe und Notizen meiner Freundinnen. Ich öffne sie nicht. Alles tote Menschen. Die Welt ist nicht mehr meine, ich habe sie an die Generationen nach mir übergeben. Mir fällt eine Last von den Schultern, als ich das begreife.

»Was ist das für eine Buchseite?«, fragt mein Sohn und zieht ein Blatt Papier aus dem Stapel. Es ist eine Kopie der ersten Seite aus Musils Erzählung *Die Vollendung der Liebe*.

»Die haben wir im Deutschunterricht durchgenommen. Man kann noch meine Notizen am Rand erkennen. Das war das erste Werk, das ich so stark verehrte, dass ich Schriftstellerin werden wollte.«

»Das muss ein besonderer Moment gewesen sein.«

Ich zucke mit den Schultern. »Ach, weißt du. Ich war dumm und habe das gar nicht mitgekriegt.«

»Und doch hast du es aufgehoben.«

Zärtlich betrachte ich meine handschriftlichen Notizen. Ich erinnere mich an mein Gefühl im Klassenzimmer, den Geschmack des Lebens und was alles möglich war.

»Das ist deine Schrift«, sagt mein Sohn und ich japse freudig. Er hält zwei Briefe in der Hand, das kleinere Blatt mit grüner Schrift umarmt das größere.

»Das sind die Briefe, die ich mir selbst geschrieben habe. Da muss ich ... jung gewesen sein.« Ich nehme ihm die Zettel aus der Hand und entfalte sie. »Das war 2007.« Ich möchte nicht nachrechnen, aber es müssen über fünfzig Jahre zwischen mir und meinem jungen Ich liegen. Plötzlich tut es weh, weil ich das Gefühl für dieses heranwachsende Mädchen verloren habe. »Ich war 19, als ich das schrieb. Ich durfte den Brief erst an meinem 30. Geburtstag öffnen.«

Wie ich mein Leben mit 30 erwarte (Wunschvorstellung):
1. Germanistik & irgendwas mit Englisch studiert
2. Interessanten Job, der irgendwas mit Medien o. Germanistik o.ä. zu tun hat
3. So verdienen, dass ich zufrieden bin
4. Noch in Deutschland leben
5. In einer glücklichen Beziehung sein, aber noch nicht verheiratet
6. Mit meinem Freund zusammen in einer kleinen, gemütlichen Wohnung leben
7. Keine Kinder, aber Kinderwunsch vorhanden
8. Ich bin noch mit folgenden Personen in Kontakt: Mimi, Samuel, Noémi, Amil, Marie

9. *Noch immer in einer Großstadt leben*

10. *Ein Lieblingscafé haben*

11. *Red Hot Chili Peppers live gesehen haben*

12. *Nichtraucher*

13. *Einen Balkon mit Windrad besitzen*

14. *Mittellange Haare (nicht blond oder rot!)*

15. *Ich bin Tante!*

16. *Ich habe noch keine Falten*

17. *Ich besitze die gesamten Staffeln von Grey's Anatomy auf DVD*

18. *Keine ID mehr zeigen müssen, weil ich unter 18 geschätzt werde*

19. *Magret lebt noch*

20. *Eine Katze haben (oder mehr)*

21. *Mein Kühlschrank ist voller Magnete und Fotos*

22. *Ich höre keine klassische Musik oder gehe immer in die Oper*

23. *Ich schaffe es, mind. eine Pflanze für längere Zeit in meiner Wohnung am Leben zu lassen*

24. *Ich mache Sport (wenn auch nur sehr selten)*

25. *Ich bin noch immer schlank*

Mein Sohn schweigt. Seine Augen lächeln. »Papa steht drauf.«

»Ja.« Ich suche noch einmal Punkt 8. *Amil.* »Deinen Vater gab es damals schon. Wir waren eine große Liebesgeschichte.«

»Darüber hast du nie geschrieben.«

»Oh doch. Sie ist überall drin.«

Er zögert und sucht nach Worten. »Wunderst du dich

manchmal über dein Alter? Oder siehst du dich noch wie mit 19 Jahren?«

»Früher habe ich mich manchmal erschreckt, wenn ich in den Spiegel schaute. Heute nicht mehr. Nur noch früh morgens, da wache ich als junges Mädchen auf.«

»Eine bewundernswerte Liste«, sagt mein Sohn und überfliegt sie.

»Sie ist Quatsch. Ich war naiv und ich schrieb nur über Oberflächlichkeiten.« Ich bin ein bisschen enttäuscht. Mir hätte ich mehr Grips zugetraut.

»Spinnst du? Sie ist perfekt. Bis vielleicht auf die mittellangen Haare, das ist wirklich bedeutungslos. Und du hast die Red Hot Chili Peppers live gesehen?« Neben diesem Punkt hatte ich mit 30 einen Haken gesetzt.

Ich verschweige ihm die Geschichte. Der Saal war mir zu vollgestopft gewesen. Dazu hatten wir uns zuvor beim Anstehen mit Wein betrunken und ich musste wegen meines schwachen Kreislaufs mittendrin zu den Sanitätern gehen. Aber so war eben das junge Leben und ich hatte einen Haken an diesen Punkt setzen können. Jeder Haken ist etwas wert.

»Was ist der andere Brief?«

»Da war ich älter, Ende 20. Ich hatte gerade meine Stelle gekündigt, um zu schreiben. Anscheinend spürte ich den Drang, mir für später noch etwas mitzuteilen.«

»Er ist datiert mit dem Sommer 2016.«

»Das war kurz, bevor dein Vater wieder in mein Leben trat.«

Mein Sohn liest mir den Brief vor.

Liebes 30-jähriges Ich,

ich weiß nicht mehr, was ich vor einigen Jahren im anderen Brief geschrieben habe, doch plötzlich erscheint es mir wie Mist.

Was ich in meinem Leben will: Ich möchte <u>schreiben</u>. Jetzt, mit 30 wird ein Buch auf jeden Fall publiziert sein (Geld verdienend in einem Verlag oder eben selbst), doch höre nicht auf. Du weißt, dass es das ist, was du im Leben tun willst. Also tu's.

<u>Traue dich</u>. Traue dich, dich lieben zu lassen und zu lieben. Traue dich, für das einzustehen, was du willst, was du wirklich willst. Lass dich blenden.

<u>Sei dankbar</u>. Und führe ein Leben im Bewusstsein, dass es ein Ende hat.

Behandle dich gut. Deinen Geist, dein Leben und deinen Körper. Das alles bist du. Das alles trägt dich und verdient Respekt.

Sage deinen Freunden und Angehörigen, dass du sie liebst.

Liebe Grüße von deinem 28-jährigen Selbst

Ich bin überrascht. So viel Tiefe habe ich nicht erwartet. »Ich glaube, ich wäre stolz auf mich gewesen, wenn ich mich jetzt mit 28 sehen würde.«

»Und mit 19 auch.«

»Ich hatte mir das Leben anders vorgestellt«, verneinte ich. »Anscheinend wollte ich eine ordentliche Businessfrau mit perfekter Frisur werden.«

»Das Wesentliche hast du erfüllt. Alles davon. Oder wie denkst du darüber?«

Ich antworte nicht und schaue auf die Bäume. Schon immer liebte ich den Schwung, den die Zweige der Tannen zeichnen. »Da muss noch ein Brief sein. Ich erinnere mich, wie ich die beiden an meinem Geburtstag öffnete. Und ich habe geantwortet.«

Mein Sohn kramt in der Box und findet unten einen ungeöffneten Umschlag. Darauf steht: »An mein liebes, jüngeres Ich«.

»Wann hattest du vor, den zu öffnen?«, fragt mein Sohn. Er macht ihn für mich auf, weil meine Finger von der Arthrose schmerzen.

Lasse mich eins vorwegnehmen: Du liebst es, 30 zu sein! Es ist ganz anders, als du gedacht hast, aber viel besser. Jedes Jahr war bisher besser als das zuvor. Außer das Jahr 2015, das war unterirdisch. Aber Tiefen sind wichtig, denn sie ermöglichen ein Wachrütteln und Wachstum. Mit 28 hast du es gerade hinter dir, die Konsequenzen waren, dass du deinen Job gekündigt und ein Buch geschrieben hast. Klingt doch gar nicht so schlecht für das Schlimmste in deinem Leben, oder? Dein zweiter Brief hat mich sehr berührt. Ja, ich schreibe noch und ich verspreche dir, niemals aufzuhören. Das Einzige, das noch nicht so gut klappt, ist gut zum Körper sein. Durch die schlechte Haltung vor dem Laptop habe ich Rückenschmerzen. Aber ich habe mir gerade einen Sitzball gekauft, ich tue also was für eine Besserung!

Oh, liebe 28-Jährige, du würdest mein jetziges Leben lieben! Du spielst Theater, gehst einmal die Woche schwimmen, liebst und wirst geliebt, dein Leben ist selbstbestimmt und voller Kreativität. Auch die jugendliche Johanna wäre stolz auf mich. Viele Punkte hast du richtig geraten. Du hast einen Freund, ihr wohnt zusam-

men in einer kleinen Wohnung (zu groß zum Putzen), hast die Red Hot Chili Peppers live gesehen (yeah!), besitzt eine Katze und weißt nicht mehr, wann du das letzte Mal einen Ausweis vorzeigen musstest. Mit Mitte 30 fragte eine Kassiererin beim Kauf von Rum, du hattest keinen dabei und sie winkte ab. Das muss an den Falten liegen, die hast du nämlich schon dick auf der Stirn. Aber das stört dich nicht, denn du bist nicht mehr so eine oberflächliche Göre wie mit 19. Deine Haarfarbe und -länge findest du nicht mehr erwähnenswert, Grey's Anatomy wurde nach der dritten Staffel langweilig und dein Kühlschrank ist ein Gebrauchsgegenstand, wie er es sein sollte.

Es ist schön, den Unterschied zu sehen, zehn Jahre machen einiges aus. Gestern lief ich auf meine Haustür zu und versuchte, mich noch aus Sicht einer 19-Jährigen wiederzuerkennen. Bin ich noch mein altes Ich? Es war nicht einfach, mir das vorzustellen und ich habe wenig erkennen können. Ich kann nur eins sagen: Bleib dran, mein Mädchen. Dinge werden gut. Dein Leben wird gerahmt werden von Wagemut und Liebe.

Eine schlechte Nachricht habe ich noch für die Jüngste von uns: Magret ist zwei Jahre nach deinem Brief gestorben, sie hatte Krebs. Es war ein guter Tod, sie war alt und bereit. Was hast du dir eigentlich vorgestellt, dass sie 100 wird? Sie war schon in deiner Kindheit alt und Menschen sterben. Aber Jahre später wirst du ihren Namen als Künstlernamen für deine Bücher nutzen und damit wird sie ewig leben.

Ich freue mich auf die nächsten Jahre und schreibe demnächst einen Brief an mein 40-Jähriges Ich.

Fühlt euch gedrückt, alle beide.

Winter 2018

»Einen weiteren Brief habe ich nie verfasst.«

»Aber du hast geschrieben, dein ganzes Leben lang.«

Ich denke an mein letztes Buch, das unvollendet geblieben ist. Mit der Krebsdiagnose vor zwei Jahren legte ich meine Finger nie wieder auf eine Tastatur. Es reichte. Mein Leben war vollendet. Das unfertige Buch machte mich nicht traurig. Es verbleibt als Rätsel. Ob es jemand lesen wird? Das ist unwichtig. Ich hatte es geschrieben, darum geht es. Der Arbeitstitel lautet: *Das Holz, mit dem wir bauen.*

Mein Sohn ist gegangen, als ich wieder aufblicke. Ich spüre den Kuss auf meinem Kopf. Die Schachtel und die auseinandergefalteten Briefe liegen neben mir.

»Frau Kindermann, Sie haben den Kuchen ja gar nicht angerührt!«

Vera versucht, mich zu einem Bissen zu überreden.

»Ich habe keinen Hunger mehr.«

»Wollen wir zusammen in den Garten gehen? Das Wetter ist gerade so schön.« Die Sonne scheint durch das Fenster auf die Couch und uns.

»Nein danke«, sage ich. »Ich möchte hier im Sonnenzimmer bleiben.«

Sie nickt, lässt mich allein und nimmt den Zitronenkuchen mit. Ein Rabe landet vor dem Fenster und blickt hinein. Er blinzelt und pickt gegen die Scheibe, als wolle er klopfen. Ich lächle und lege den Arm auf die Lehne.

Jessica Iser

Am Ende

Für die Muse, die mich küsste

Die drei gefalteten Briefseiten sind nicht edel. Das Recyclingpapier wirkt schmutzig und fühlt sich rau an. Die Blätter zittern, seine Hände wollen einfach nicht stillhalten. Auf dem Beifahrersitz liegt ein schlichter Briefumschlag; er wirkt ein wenig zerknittert und wieder glatt gestrichen, so als habe die Verfasserin ihn schon länger mit sich herumgetragen. An der Umschlagkante ist er so weit eingerissen, dass die Lasche sich wie ein gekrümmter Schmetterlingsflügel nach außen neigt, obwohl er sich bemüht hat, ihn vorsichtig zu öffnen. Noch hat er die Seiten nicht auseinandergefaltet. Wenn er es tut, gibt es kein Zurück mehr. Eigentlich gibt es das jetzt schon nicht mehr. Er ist seit dem Moment verloren, in dem sie im Halbdunkel der Diskothek vor ihm aufgetaucht war und in seine Augen gesehen hatte.

»Bitte«, hatte sie gesagt, ihre Stimme unter dem Lärm der Musik kaum hörbar, »lies ihn.«

Ehe er sie hatte aufhalten können, war sie schon wieder zwischen den schwatzenden und schunkelnden Leuten verschwunden.

Trotz seiner Neugierde und Verwirrung hat er sich beherrscht, den Brief nicht bereits auf dem Weg zwi-

schen Eingangstür und Parkplatz zu öffnen. Er will sich lieber abschotten. Das vertraute Innere seines Autos gibt ihm eine gewisse Sicherheit. Er fühlt sich ungestört. Im Auto ist es klamm und kalt, weil er vergessen hat, die Heizung einzuschalten. Er holt es nach, um Zeit zu schinden. Die Fensterscheiben beschlagen allmählich. Kopfschüttelnd fragt er sich, warum er sich davor fürchtet, einen Brief zu lesen. Den Brief einer Fremden wohlgemerkt. Sie kann doch gar nichts Persönliches über ihn wissen. Doch wieso beschleicht ihn das Gefühl, dass sie gar keine Fremde ist? Dass der Inhalt alles verändern wird?

Er überlegt, wie oft sie sich hier schon über den Weg gelaufen sind. Blickwechsel. Vertraute Fremde. Dass er eigentlich nichts über sie weiß, hindert seine Fantasie nicht daran, ihm vorzugaukeln, wie sie wohl sein könnte. Wie sie lacht, was sie gerne mag oder wo sich ihr Leben außerhalb dieses Nachtklubs abspielt. Sie könnte auch über solche Dinge nachgedacht haben. Oder hat sie ihm aus einem ganz anderen Grund geschrieben? Kennt sie Geheimnisse von ihm, von denen er vielleicht selbst noch nichts weiß?

Er betrachtet den Brief eingehend und versucht, Worte zu erkennen, die sich durch das Papier gedrückt haben. Die Seiten sind schief gefaltet worden und liegen ineinander. Nur die äußere ist doppelseitig beschrieben. Vorsichtig lässt er seinen Daumen über die ausgefransten Kanten gleiten. Herausgerissen! Aus einem Buch? Es wirkt, als hätte sie den Brief spontan geschrieben, hastig gefaltet und ihm übergeben, ehe sie es sich anders überlegen konnte. Er versucht, sich ihr Gesicht vorzustellen, aber es wird immer undeutlicher, als lege sich ein dichter Nebel vor diese Erinnerung. Das Gefühl allerdings ist noch da. Etwas, das in ihm geschlummert hatte und durch ihren Blick geweckt worden war. Schwer greifbar wie eine Wohnung, die man betritt und in der man sich sofort zu Hause fühlt, als hätte sie nur auf einen gewartet. Es ist nahezu befreiend. Das Ende einer Suche, die ihm bisher nie bewusst gewesen war.

Das Papier riecht alt, leicht muffig. Aber nicht schlecht, sondern so wie der Duft, der einem entgegenschlägt, wenn man ein Antiquariat betritt, in dem sich die Folianten bis unter die Decke stapeln.

Mit einem tiefen Atemzug entfaltet er die Seiten und mit ihnen seine Fantasie.

Seine Ohren rauschen noch von der lauten Klubmusik. Das dumpfe Geräusch vermischt sich mit dem Gebläse der Heizung und seinem aufgeregten Herzschlag. Ihr schüchternes, aber warmes Lächeln … Er kann es einfach nicht abschütteln. Wer ist sie nur? Zwischen den Zeilen hofft er, es herauszufinden.

Im Rückspiegel begegnen ihm seine blauen Augen und er erkennt darin die Hoffnung, die er auch in den Händen hält. Der Brief löst vieles in ihm aus. Wünsche, Träume. Genauso gut lassen sie sich einfach zerknüllen und wegwerfen.

Mit dem Öffnen des Briefes öffnet er sein Herz – oder das Herz derjenigen, die ihn geschrieben hat. In diesem Moment ist es ihm einerlei. Er beginnt zu lesen; blauer Kugelschreiber auf raschelndem Papier. Ästhetik spielt keine Rolle. Es sind die Worte, die alles um ihn herum blasser werden lassen. Kein Grußwort, keine klassische Ansprache.

Ich möchte dir erzählen ...

Und sie erzählt. Mit jeder Zeile wandert sein Blick schneller über das Papier.

Etwas, das man weder sehen noch berühren kann. Eine Verbindung.

Ab und an gerät sein Atem ins Stocken, während er liest. Nur der stärker werdende Regen, der gegen die Scheiben klopft, erinnert ihn an die Welt da draußen. Er hat es auch gefühlt. Zwischen ihnen ist etwas. Wieder verschwimmt ihr Gesicht vor seinen Augen, aber er erinnert sich daran, wie sie ihn angesehen hat. Im Hinterhof der Diskothek war sie ihm zum ersten Mal aufgefallen, es ist noch gar nicht lange her. Sie saß auf der anderen Seite des Lagerfeuers. Die Flammen waren beinahe heruntergebrannt, dennoch schienen ihre Iriden magisch zu glühen. Sie ließen ihn nicht los und es fiel ihm schwer, den Blick abzuwenden. Sehnsucht, unausgesprochen. Bis jetzt.

Es war so schwierig, mit dir an einem Tisch zu sitzen.

Er klammert sich an den Brief, weil er sich an irgendetwas klammern muss, während die Welt um ihn herum zerfällt. Haben sie wirklich nebeneinandergesessen? Er versucht, es sich wieder ins Gedächtnis zu rufen, aber die Erinnerung entgleitet ihm. Hätte er sie doch früher bemerkt. Ein Schatten am Rande seiner Existenz. Auf einmal wirkt sie so weit weg. Unerreichbar. Als habe sie immer nur in seinen Gedanken existiert. Oder er in ihren?

Ich habe Welten in deinen Augen gesehen und die sind jetzt in meinem Kopf.

In seinen Ohren rauscht es, als er den Brief noch einmal liest. Er wagt es kaum, den Blick zu heben. Er fürchtet sich vor dem, was er sehen wird. Draußen ist die Welt hinter einem Regenschleier verschwunden.

»Das hier ist nicht real«, flüstert er. Aber es scheint so, als er mit den Fingern über die letzte Briefseite fährt, wo Tränen die Buchstaben verwischt haben. Ihre Tränen.

Ohne sie ist er nichts. Er stellt sie sich vor, wie sie an ihrem Schreibtisch sitzt und über ihn schreibt, immer und immer wieder, bis zu diesem Moment. Sie weint, während sie schreibt. Er kann sie nicht sehen, aber sie ist da, wie sie es schon immer war. Die unsichtbare Macht, die sie über ihn hat, wird ihm jetzt vollends bewusst. Sie ist in ihm, über ihm, überall um ihn herum. Kein Wunder, dass ihm die Erinnerungen so schwerfallen. Sie ist nur greifbar für ihn, wenn sie es zulässt. Sie kann sein Schicksal und ihres miteinander verweben, wenn sie Geschichten spinnt. Und wenn nicht?

Er steigt hinaus in den Regen. Die kalten, schweren

Tropfen kümmern ihn nicht. Was spielen sie schon für eine Rolle? Eine schier grenzenlose Machtlosigkeit überfällt ihn. Soll der Regen ihn doch fortwaschen, gemeinsam mit den schönen, grausamen Worten auf dem alten Papier, das sich allmählich unter der Feuchtigkeit wellt. Als er sich umdreht, ist sein Wagen verschwunden, ebenso der Rest der Welt. Eine Welt, die sie für ihn erschaffen hat.

Und so soll seine Geschichte enden? Sein Leben, wenn es das je war. Sie hat es in der Hand. Oder besser gesagt, im Kopf. Am Ende sind Gedanken alles, was bleibt. Ihre Gedanken, und er hofft, dass er immer einen Platz darin haben wird.

Der Brief in seinen Händen ist durchnässt. Vielleicht hat er doch Macht über sie. Sie sind wie ein endloser Kreislauf von Inspiration und Kreativität. Sie braucht ihn genauso, wie er sie braucht. Wenn er ihr jetzt Worte zuflüsterte, was würde wohl daraus entstehen? Das zarte Aufblühen einer Idee oder ein kollabierendes schwarzes Loch, das Zentrum einer kreativen Galaxie?

Noch einmal liest er die letzte Zeile, bevor die Tinte vollends verläuft. Die Worte machen ihm Hoffnung, dass er ihr irgendwo zwischen Realität und Fantasie noch einmal begegnet – sobald sie wieder über ihn schreibt.

Wenn sich ein Schriftsteller in dich verliebt, kannst du niemals sterben.

M.D. Grand

Alle Farben Grau

»Ist er das? Der Brief?« Ihre runzligen Hände tasten nach meinen, ihre blinden Augen schauen ins Leere, in die Ferne. Die spröden Lippen hören auf, stumme Gebete zu murmeln, verziehen sich zu einem fragenden, flehenden O. Ich schiebe meine Finger zwischen ihre und halte sie sanft, als könnten sie zerbrechen, zwischen meinen Händen. Ein Leben so viel größer als meines.

»Nein, Mutter«, nenne ich sie, weil es eine Zeit gab, in der ich Teil dieser Familie hätte sein können. Mein Flüstern schwebt zwischen uns, hängt in der Luft, bis es sich über uns senkt, sich auf uns legt wie Schnee. Wie jeden Tag sitze ich bei ihr und halte das Versprechen, das ich ihrem Sohn gab. Halte meinen Teil unserer Abmachung, auch wenn er den seinen niemals einlösen wird. Wie lange gilt eine solche Verpflichtung? Ein Leben lang? Ihr Leben lang. Solange sie lebt, werde ich wiederkommen, denn sie ist alles, was mir von ihm geblieben ist.

»Der Brief ...«, wiederholt sie leise, ein hilfloses Fragezeichen.

Ich schließe die Augen und drücke ihre Hand. »Ja, Mutter.«

»Ist er gekommen?«, fragt sie. Ihr Brustkorb hebt und senkt sich, schmal und schnell. Sie wendet sich mir zu, die trüben Augen voller Hoffnung.

»Ich weiß nicht«, sage ich zögerlich.

»Was?« Ihre Stimme ist hoch, als sie sich näher beugt, ängstlich, als hätte sie etwas verloren. Ein Wort. Eine Hoffnung. Ihren Glauben?

Ich weiß es nicht. Weiß nicht, was ich machen soll. Ich presse meine Stirn an ihre Hand. Lüge ich? Nur ein einziges Mal noch. Damit es ein Ende hat? Vielleicht …

»Er ist gekommen«, koste ich die fremden Worte. Aber diesmal hört sie mich. Versteht mich sofort. Ihre Finger graben sich in meinen Arm und ihr Schweigen kommt so plötzlich, dass ich die Augen öffne. Ich sehe sie an, ihren mageren, kleinen Körper, verloren in den strengen Maschen und großen Rauten des dunkelgrauen Pullunders. Sie sitzt aufrecht, horcht, die eine Hand umklammert mich, die andere die Lehne ihres Stuhles, das bestickte Deckchen darauf – ein angespanntes, atemloses Warten unter ihren Fingern.

Ich spüre ihn, wie er zwischen uns tritt, sich aus unseren Erinnerungen schält. Wie ein altes Foto sehe ich ihn vor mir, grau in grau. »Er ist gekommen, Mutter. Der Brief«, wiederhole ich tonlos, ohne sie anzusehen.

»Minna …«, atmet sie auf und ihre Stimme trägt mich zurück.

»Minna!« Das Grau wird zu Gold, zu Grün, zu Rot, gleißend ergießen sich die Farben über uns. Ich sehe seine Augen vor mir, die adrette Uniform, die Lippen sind zu einem Lächeln verzogen. Er küsst mich, wild und ungestüm, hebt mich hoch, wirbelt mich herum. Seine Seele leuchtet in seinem Gesicht. »Ich werde zurückkommen, Minna. Ich verspreche es dir.«

Die erste Lüge.

»Pass mir auf Mama auf, bis ich zurück bin.«

Ich nicke, verspreche es, hätte ihm alles versprochen.

»Warte auf mich.«

Er steigt in den Zug, winkt, lässt mich zurück, mit Mutter am Bahnsteig. Verloren ...

Alles wird gut, sage ich und drücke sie an mich, halte sie und mich fest, damit wir nicht zerbrechen, während er alles hinfort nimmt mit sich. Unsere Hoffnung, unseren Glauben, unsere Zukunft. Der Zug fährt ab und die Farbe verrinnt, das Leuchten verblasst, sogar die Sterne ...

Eine zweite Lüge. Nichts wird jemals gut.

»Minna, der Brief ...«, fleht sie leise, holt mich zurück und ich wage es nicht, sie anzusehen. Ich stelle mir seine Worte vor, den kecken Schwung seiner Schrift, als wäre es gestern gewesen. Nicht eine Ewigkeit, in einem anderen Leben. Was hätte er geschrieben?

»Liebste Maman«, beginne ich, weil ich weiß, dass er so begonnen hätte, mit einem Hauch Französisch und einem Schmunzeln auf den Lippen. Ein Wort wie ein Ehrentitel, eine Liebkosung für seine alternde Königin.

Doch mir fehlen die Worte. Statt meiner Lüge sehe ich plötzlich seine vor mir. Seinen letzten Brief. Worte, in mein Herz geritzt. Ich stelle mir vor, wie er in einer kalten Nacht auf einer dunklen Wiese liegt und hinauf in die Sterne sieht. Einsam. Sein Bleistift kratzt über blasses Papier. Ich sehe die Farben bluten. Seine Seele ...

Meine geliebte Minna, beginnt er seine letzten Zeilen.
Der wahre letzte Brief.
Ob er es wusste? Bestimmt.

Ein weiterer Tag ohne dich – ein weiterer Tag, grau in grau.

Auch er hatte die Farben verloren. Wann? Am ersten Tag? In der ersten Stunde? Im ersten Augenblick?

Grau sind die Trümmer, über die wir Tag für Tag steigen, unsere staubigen Uniformen und auch der Rauch, der über der Stadt hängt oder über dem, was davon übrig ist. Ich sehe etwas Rotes aufblitzen zwischen dem Schutt und wende mich ab. Rot ist die Farbe deiner Lippen, des Reiches und des Blutes der Getroffenen, der Soldaten, die ihr Leben gegeben haben, des Blutes, das an meinen Händen klebt. Ich frage mich jeden Tag aufs Neue: Werde ich dich wiedersehen? Ich hoffe und warte.

Der Krieg hat uns die Farben genommen, Minna, aber das Grau gibt uns Kraft, es macht uns stark. Wir werden so lange stark sein, bis es kein Grau mehr gibt, bis alle Trümmer wieder zu Häusern werden, bis der Staub sich legt. Und dann? Wirst du da sein, wenn der Schleier sich lichtet?

Ich hebe den Blick zum Himmel, ein kleiner Fleck Blau blitzt

durch. Das Blau erinnert mich an dein Kleid, als wir uns das letz-
te Mal sahen, deine Augen und die des jungen Berliners, der mit
uns am Lagerfeuer feierte, bevor er in meinen Armen starb.

Ich sehe dich vor mir. Du klopfst die Hände an der Schürze ab
und richtest dich auf, gehst nach Haus. Nimmst du den langen
Weg? Weil du es nicht ertragen kannst, das Grün zu sehen, den
einzigen Ort, der wie durch ein Wunder von Bomben und Zerstö-
rung verschont geblieben ist. Den Park. Erinnert es dich an meine
Uniform, das letzte Mal, als ich dich am Bahnhof geküsst habe?
Und an die fremden Soldaten, die durch unser Land patrouillie-
ren? Wird einer von ihnen mein Mörder sein? Wirst du es je erfah-
ren? Ich habe Angst.

Wie lange wirst du den Ring noch tragen, den ich dir gab?

Du läufst nach Hause. Wie lange noch wirst du zögern vor der
letzten Ecke? Ich bin– nicht da. Wie lange wirst du auf mich war-
ten?

Wirst du stark sein? Ich werde es sein.
Solange es grau ist, werde ich stark sein.
Für dich.

»Kommt er zurück?« Ihre Stimme zittert. Ich weiß, sie
wartet auf Erlösung.

Ich kann sie ihr nicht geben, aber noch weniger kann
ich sie ihr nehmen. Was soll ich tun? Ich atme ein.

»Liebste Maman«, höre ich mich, höre ich ihn. Ich sehe sein schönes Gesicht, er beobachtet mich. Kann ich
die Worte sprechen, die man ihm nahm? Lügen, wie er es
tat?

»Der Krieg ist vorüber, aber bitte vergibt mir ... Ich
komm nicht nach Haus. Ich habe mein Glück gefunden

... anderswo.« Nein. Ich kann nicht lügen, bringe es nicht übers Herz. Aber ich kann die Wahrheit neu erfinden, in schöne Worte kleiden. Ich nähe der Wahrheit ein Totenkleid.

»Ich kann hier nicht fort, liebste Mutter, der Herrgott lässt mich nicht«, werfen meine Worte seinen Schatten an die Wand. »Aber ich denk an dich, jeden Tag, und schließe dich ein in jedes Gebet. Ich stelle mir vor, wie es wäre, wärst du hier, bei mir, inmitten der blühenden Wiesen und singenden Lärchen – in meinem kleinen, bunten Paradies. Hier gibt es keinen Lärm und keinen Schmerz; hier kann meine geschundene Seele sich endlich erholen von ihrer Qual. Eines Tages werde ich dich zu mir holen, wenn die Zeit gekommen ist, und wir werden hier gemeinsam sitzen und den Vögeln lauschen«, tauche ich unsere Herzen in das gleißende Licht einer strahlenden Sonne, das satte Grün junger Wiesen. »Wir werden durch die Wälder spazieren und die warme Nachtluft atmen. Wir werden uns wiedersehen, Maman. Minna ...« Ich stocke, suche nach Worten und finde sie nicht, breche ab. Ich ersticke an Tränen, meinem Namen, ertrinke in diesem letzten Satz. Springe auf, doch sie zieht mich zurück auf den Sessel, in ihre Umarmung, und wir halten uns fest, wie an jenem Tag, an dem er für immer von uns ging.

»Alles wird gut«, sagt sie und drückt meine Hand.

Die nächste *letzte* Lüge.

Hört es jemals auf?

Julia von Rein-Hrubesch

Einen alten Baum

Ein Wort eilt hinfort durch den Raum, ein Wort eilt hinfort durch die Zeit. Es schlittert durch Rohre, gleich den Adern der Welt. Diese sind verwachsen, doch biegsam, verkrustet von Dreck und Erde und dem Blut der Welt.

Überlege dir, ob du es schicken willst. Denn die Richtung kann niemand bestimmen, die Wege niemand wissen. Diese Rohre sind alt, älter als jeder Laut. Wer weiß, wo sie enden; wer weiß, ob sie enden.

Er schnitt die Orange in zwei Hälften. Als sie auseinanderfielen, sahen sie seltsam aus. Wie zwei getrennte Welten, die eigentlich zusammengehörten. »Schau«, sagte er. »Das kann doch nicht stimmen.«

Sie warf einen Blick über seine Schulter, ihre Gelenke knackten, als sie sich auf die Zehen stellte. »Du hast sie falsch geschnitten. Jetzt kannst du sie nur noch pressen.«

»Hm«, machte er. Das Messer wog schwer in seiner Hand. Es war viel zu groß, wie alles hier. Nur das Haus, das alles Große beherbergte, war klein.

Er legte das Messer ab und ging in die Knie. Sie krachten. »Sind wir alt geworden?«, fragte er in den Schrank hinein und wusste, dass sie sich nach ihm umdrehte. Wenn man beinahe eins war, wusste man es.

»Natürlich sind wir das.«

»Hier unten ist ein Rohr.«

»Johann«, sagte sie, er sah ihr Gesicht vor sich. Es war ein Legespiel, das er in jeder Art von Dunkelheit lösen konnte. Der Ton in der Stimme zum passenden Gesicht. *Finde das passende Paar.* Passten sie zusammen? »Es ist ein Haus. Da gibt es Rohre. Und du hängst unter der Spüle.«

»Ja, aber es führt nirgendwo ins Haus hinein. Es ist nur ein Loch in der Mauer.«

»Igitt.« Sehr wahrscheinlich zog sie die Schultern hoch. »Wir sollten es schließen, wer weiß, was da alles reinkommt.«

Er richtete sich auf. »Das sollten wir.« Als er sich nach ihr umdrehte, fand er den Ausdruck auf ihrem Gesicht, den er bereits vor sich gesehen hatte. Er hatte ihn *gehört.*

»Wir haben keine Saftpresse. Hatten wir je eine?«

»Aber ganz sicher.« Sie betrachtete die Schranktüren, als könnte sie hinter das Holz blicken. »Für das Dressing.«

»Ach ja. Für das Dressing.« Früher hatten sie immer gestaunt über diese Wiederholung der Worte. Wenn man alt wurde, redete man immerzu nach. Weil man sonst vergaß? Nun tat er es selbst, und noch immer hatte er keine Antwort auf die Frage nach dem Warum. Er tat es, weil es schön war. Im Gegensatz zu damals ließ er diese Antwort gelten. »Ich gehe morgen eine kaufen.«

»Weißt du, was man hier sagt? Einholen.«

Er betrachtete sie. Sie war beinahe so groß wie er und noch immer schön wie in dem Sommer, als sie sich kennengelernt hatten. Ihre Schönheit hatte sich verändert, sie sprach zu ihm. *Sieh mich an, noch nie war ich so leidenschaftlich. Noch nie war ich so schön.*

»Hier?«

Sie blinzelte, vermutlich störten sie die wiederholten Worte. »Hier, im Ort. Auf dem Land.« Ein Ausdruck von Versonnenheit erschien auf ihrem Gesicht. Er hatte ihn bereits gesehen, als sie ihren Satz begonnen hatte. »Ich mag das Wort Land.«

»Ich weiß«, sagte er und sie musterte ihn.

»Das Treffen der Landfrauen«, sprach sie weiter. »Die Landjugend organisiert einen Tanzabend. Wir haben ein Landhaus gekauft.« Die Worte klangen schön aus ihrem Mund. Als würden sie auf ihrer Zunge tanzen. Oder als sie würden auf der Zunge Anlauf nehmen und die Lippen als Sprungbrett benutzen. Solch alberne Gedanken hatte er manchmal, nicht mehr so häufig wie früher, doch sie waren noch da.

»Und nun sind wir das Land selbst«, sagte er, weil er wusste, dass es ihr gefiel. Sie belohnte ihn mit einem Lächeln, das nach Milde aussah.

Sie schwiegen. Und lauschten. Das neue Leben hatte eine andere Art von Stille als sie gedacht hatten. Tatsächlich war das Land sehr laut. Doch es waren andere Töne, und sie kreischten nicht, sie streichelten.

»Einen alten Baum verpflanzt man nicht«, sagte er in

das Rauschen der Blätter, das durch das gekippte Küchenfenster drang. »Was hältst du davon?«

»Das ist Unsinn«, antwortete sie. »Sieh uns an.« *Sieh mich an, noch nie war ich so weise. Noch nie war ich so schön.* »Wir sind doch glücklich.«

Warum sagte sie *doch*?, überlegte er, als sie im Bett lagen. Bettstatt sagte man hier. Es gefiel ihm. Es klang wie stattlich, und stattlich waren sie beide, Martha und er. Wären sie nicht über einen Meter achtzig groß, hätte ihnen das Haus sicher keinen Eintritt gewährt. Und nun lag er in seinem Bauch und hörte zu. Es hatte einiges zu sagen. *Knarzknarz und warum hat sie* doch *gesagt?* Das Ächzen des Holzes fand er schaurig. Er liebte es und sie tat es auch. Doch es war eine vorsichtige Liebe.

Knarz, machte das Holz, als der Wind es zur Guten Nacht liebkoste und Johann einschlief.

Der Morgen zwang sie zur Trägheit. Es dauerte, bis sie aus der Bettstatt geklettert waren und ihre Toilette vollbracht hatten. Johann hatte den Morgen immer geliebt, für ihn hatte er etwas Verheißungsvolles. Martha fand den Morgen zu träge, und ihre eigene Trägheit dazu machte sie wütend. Wütend war in Ordnung, so lange sie nicht unglücklich wurde.

Sie saßen am Tisch und frühstückten. »Ich gehe dann zu dem Treffen der Landfrauen«, sagte sie und ließ das *Land* tanzen.

»Tu das. Ich fahre in den Landhandel und hole ein.«

Sie grinste ihn an. »Du veralberst mich doch.«

»Nein!«, erwiderte er so entrüstet wie es ihm möglich war. »Es heißt tatsächlich so.« Er wartete, bis ihr Grinsen einem Lächeln wich. Das mochte er. »Ich hole etwas zum Isolieren für das Loch. Dann mache ich ein Brett drüber. Es sollte reichen.«

Plötzlich runzelte sie die Stirn. »Weißt du, was komisch ist? Ich habe diese Nacht von dem Loch geträumt.«

»Was?«

Sie blickte zu einer der unteren Schranktüren und nickte. »Es fiel mir jetzt ein, in dem Moment, in dem du davon sprachst.«

»Weißt du was?«, fragte er und spürte, wie auch er die Stirn runzelte. »Ich habe das ebenfalls.«

Sie sah ihn an. »Tatsächlich?«

»Ja.« Er erinnerte sich. »Es hat zu mir gesprochen.«

»Zu mir auch!«, sagte sie. »Werden wir wahnsinnig?«

Johann schüttelte den Kopf. »Wir werden nicht wahnsinnig. Wir teilen unsere Träume.« Martha sah nicht so aus, als gefiele ihr dieser Gedanke.

Sie standen auf, die Dielen bewegten sich unter dem Gewicht und gaben Töne von sich, die man vorsichtig lieben musste.

Er öffnete den Schrank. Parkett und Gelenke krachten gleichzeitig, als sie in die Knie gingen.

Das Loch war nicht groß. Ein übliches Marmeladenglas würde gerade hindurchpassen.

»Es kommt gar keine Luft«, sagte Martha.

»Wer weiß, wohin es führt«, sagte Johann.

Sie sahen sich an. »Wer weiß, wo sie enden«, erinnerten sie sich gleichzeitig.

»Na sowas«, sagte er, nachdem sie eine Weile geschwiegen hatten. »Wir haben ein Loch im Haus und es spricht zu uns.«

Sie kicherte, das freute ihn. »Wir sollten aufstehen. Ich bekomme noch Rheuma.«

Sie zogen sich hoch, er schloss die Schranktür. »Ich fahre später los und hole Material.«

»Und eine Saftpresse!«, warf sie ein.

»Und eine Saftpresse.«

Als er mit seinen Besorgungen zurückkehrte, brachte er den Abend mit. Mit kühlem Atem strich dieser ums Haus.

»Komm herein«, sagte Johann und hielt die Tür auf. Die Katze schlüpfte durch seine Beine, sie gehörte wohl zum Haus wie die Geräusche. »Ich meinte nicht dich, sondern die Dunkelheit«, murmelte er und schloss die Tür. Irgendwo stand ein Fenster auf, ein kühler Luftzug fuhr ihm in die Schulter.

Johann stellte den Karton mit der Aufschrift »Theuners Landhandel« auf dem Tisch ab. Bis Martha nach Hause kam, wollte er das Loch isoliert und verschlossen haben.

Hinter dem Fenster zeigte sich der alte Tag. »Na,

Gleichgesinnter«, sagte Johann. »Bald wirst du zur Ruhe gehen«. Und leise: »Genauso wie ich.« Er blickte aus dem Fenster auf das Land und erinnerte sich an den Traum, in dem das Loch in der Mauer zu ihm gesprochen hatte. Der Mund war oval gewesen und die Zähne Backsteine. Es hatte ausgesehen wie ein Brunnen. »Ein Wort eilt hinfort durch die Zeit …«, murmelte Johann, dann zog er den Stuhl über das ächzende Holz und setzte sich an den Tisch.

In dieser Nacht schlief er so tief, dass diese in seinem Bewusstsein nicht existierte. Er legte den Kopf auf das Kissen, schloss die Augen und öffnete sie wieder. Draußen stand der Tag vorm Fenster und lockte mit Fingern aus Sonnenstrahlen. »Martha?« Seltsam, dass man nach jemandem fragte, obwohl derjenige sich offensichtlich nicht im Raum befand. Neben ihm lagen nur ihr Kissen und Decke, ordentlich aufgeschüttelt. Gestern hatte sich Martha mit ihm niedergelegt. Heute war sie vor ihm erwacht und aufgestanden. Wann war das zum letzten Mal geschehen? War es überhaupt je geschehen?

Als Johann aufstand, hörte er nur das Knarzen des Holzes. Seine Gelenke schwiegen. Ein guter Tag, dachte er. Auch die morgendliche Toilette und der Gang über die Treppe nach unten waren ein Leichtes.

In der Küche roch es nach Kaffee und Hefeteig. Martha stand an der Spüle und summte.

»Guten Morgen«, sagte er. »Du bist zeitig auf. Und du hast gebacken.«

Sie drehte sich um. Als er in ihre Augen blickte, reiste er Jahrzehnte zurück. *Sieh mich an, nie war ich glücklicher als heute. Nie war ich so schön.*

»Ich hatte Lust dazu«, erwiderte sie. Ihre Haut glänzte wie Kerzenwachs. Gestern war sie matt gewesen wie Leder.

Lust. Das hatte er lange nicht mehr von ihr gehört. Er konnte sich nicht einmal daran erinnern. Die Lust war dem Land gewichen.

»Setz dich, Frühstück ist gleich fertig. Hast du Hunger?«

»Und wie!«, rief er und staunte. Appetit war etwas, das ihm fremd geworden war.

Martha stellte Tassen und ein Holzbrett auf den Tisch. »Du hast das Loch bereits verschlossen«, sagte sie und drapierte den Hefezopf auf dem länglichen Holz.

»Das habe ich.« Er betrachtete sie eingehend. Etwas war über Nacht geschehen, war in ihr Haus eingezogen.

Martha stand ihm gegenüber, mit dem Rücken an die Spüle gelehnt. »Weißt du, ich habe etwas Seltsames getan.«

»Was denn?«

»Ich habe einen Zettel in das Loch gesteckt. Wie in einen Wunschbrunnen.«

Erinnerungen kamen in ihm hoch. Zähne wie Backsteine.

»Was stand darauf?«, fragte er.

Sie lächelte, versonnen und … mädchenhaft. »Darauf

stand: Ich wünsche mir den Geist zurück.«

»Du meinst den unserer Jugend?«

»Ja.« Sie nickte eifrig. In ihren Augen loderten Flammen.

»Aber«, fing er an, »ich habe auch einen Zettel in das Loch gesteckt.« Er dachte daran, wie er das gefaltete Papier in das Loch geschoben hatte, bevor er es verschloss. Der Zettel war hineingefallen wie in einen Brunnen. Er war horizontal gefallen.

»Was stand darauf?«, fragte Martha.

»Ich wünsche mir unsere Körper zurück. Ohne Gebrechen.«

Sie musterte ihn. »Mit dem Geist von heute? Mit all dem Wissen?«

»Ja.«

Sie überlegte. »Das Wissen ist uns nicht abhanden gekommen.«

»Daran dachte ich auch gerade.« In ihrem Gesicht sah er die Jugend. War sie noch so schön wie gestern? »Wann hast du den Zettel in den Brunnen geworfen?«

»Gestern. Bevor ich zu den Landfrauen gefahren bin. Meinst du, das ist von Bedeutung?«

Er zuckte mit den Schultern. »Das denke ich eher nicht. Vielleicht geschieht die Erfüllung … verzögert.«

»Vielleicht«, stimmte sie zu.

»Vielleicht ist es auch großer Unsinn und wir bilden uns das alles ein.«

Sie kicherte, doch es war ein anderes Kichern als am

Tag zuvor. »Vergiss niemals die Macht der Suggestion.«

Überlege es dir, ob du es schicken willst, dachten sie, doch sie sagten es nicht.

Er fühlte seinen alten Geist und wusste, dass ihr Brief verlorengegangen sein musste. Das war nicht von Belang. Dass sie sich etwas anderes gewünscht hatte, war von Belang. Im Grunde genommen hatte sie das Gegenteil seines Wunsches verschickt. Er liebte alles, was sie miteinander teilten, selbst die Träume. Hasste sie es?

Vielleicht konnte sie sich einbilden, dass ihr mädchenhafter Geist zurückkehrte, schließlich bestand er aus Erinnerungen. Doch dass sein aufkeimendes Rheuma verschwunden war, bildete er sich nicht ein.

Denn die Richtung kann niemand bestimmen, die Wege niemand wissen.

Sie sahen sich an, beinahe lauernd.

»Gut, dass das Loch jetzt verschlossen ist«, sagte sie schließlich und setzte sich. Die Dielen schrien auf und ihre Knochen schwiegen.

Martha stand noch einmal auf, als sie aßen. Die Katze saß vor der Tür und maunzte. Es hörte sich an wie ein Schreien. »Raus mit dir, du Hausgeist«, sagte Martha und lachte, als sie die Tür aufhielt »Wir sehen uns heute Abend. Bitte bring uns keine Geschenke mehr.«

Sie irrte sich. Es war das letzte Mal, dass sie die Katze sahen.

Über das Land streift ein getigerter Kater. Er geht mit dem Wind, er schläft mit dem Wind. Wonach er auf der

Suche ist, weiß er nicht. Nur dass es ein warmes Plätzchen sein sollte. Er streift durch ein Weizenfeld und schüttelt ab und an die Pfoten, wenn die niedrigen Halme zu sehr stacheln. Er maunzt nicht, er will keinen Laut von sich geben.

Unter ihm, weit in der Erde, steckt ein Brief fest. Er hängt in einem der Rohre der Zeit, welches zu dünn ist, um Worte weiterzuleiten. Erde und Lehm und das Blut der Welt verkrusten es wie Kalk eine Arterie. Weiter vorn ist das Rohr gebrochen, der Durchgang ist versperrt. Sollten sich die tosende Winde aus dem Atem der Zwischenwelt hierher verirren, wird sich der Brief bewegen und in das Loch hinabstürzen. Dieser Ort namens Hinab wartet bereits. Er weiß, dass Worte kommen werden, er hat es nicht eilig. Wird der Brief fallen, wird er ihn sich einverleiben. Er wird an ihm wachsen, jedoch auf eine verschlingende Weise, denn die Worte gehören nicht an diesen Ort. Er wird sich erheben und die falsche Macht wird wachsen. Schwarze Finger werden den Ursprung der Worte ertasten. Und den Brief zurückbringen. Denn er gehört nicht hierher. Der Ort im Inneren der Welt, zu dem keine der Adern führen sollte, wird den Absender daran erinnern.

Über die Autoren

Vanessa Glau schreibt über Alltägliches, Surreales und Fantastisches. Sie stammt aus Oberösterreich, studiert Translation in Wien und übersetzt freiberuflich aus dem Englischen und Japanischen. Wenn sie nicht schreibt, beschäftigt sie sich mit Musik und Videospielen. In der Vorgänger-Anthologie *Sehnsuchtsfluchten* wurde ihre Kurzgeschichte *Gespräche mit Bergen* veröffentlicht. Derzeit arbeitet sie an einem Roman, der japanische Mythologie ins Tokyo der Gegenwart holt.
Website: vanessaglau.wordpress.com
Twitter: @VanessaGlau

M.D. Grand wurde 1992 in Graz, Österreich, geboren und zwar mit einer ausgeprägten Vorliebe für Kaffee, Tee und Gartenarbeit. Sie hört quasi ständig Musik und war schon immer fasziniert von der Welt der Bücher. Ihre Liebe zu den Wörtern brachte sie schon früh dazu, selbst Geschichten zu erfinden und sich nach dem Schulabschluss dem Studium der Germanistik zu widmen. Seitdem sie Meister ihrer Muttersprache ist, studiert sie zusätzlich auch Medizin und nutzt jede freie Minute, um an ihren Büchern zu schreiben. Bisher von ihr erschienen sind die Dark-Fantasy-Werke *Schatten* (2015) und *Zwielicht* (2017) sowie ihr Romantik-Debut *Heart Beat – Frühling, Flirts und Freundschaftskrisen* (Koproduktion mit S.M. Gruber, Eisermann 2018).
Website: mdgrand.at
Twitter: @md_grand

Alexander Greiner, geboren 1980, wuchs im niederösterreichischen Mostviertel auf. Auf eine Karriere als Softwareentwickler, Projektmanager und Unternehmensberater folgte ein berufliches Intermezzo in einer schmucken Kaffeebar. Der Schüler der Glückseligkeit lacht oft, sportelt gern, liebt die Natur, trägt bunte Socken und es vergeht für ihn kein Tag ohne Schreiben. In seinen autobiografisch inspirierten Texten erzählt er von persönlichen Entwicklungen und kuriosen Lebensgeschichten. Er lebt und arbeitet in Wien und veranstaltet regelmäßig Schreibtreffs.
Website: alexandergreiner.com
Twitter: @fdq

June Is wurde im Erzgebirge geboren, lebte viele Jahre in Unterfranken, bis es sie vor einiger Zeit nach Berlin verschlug. Sie ist eine cosmopolitische Träumerin, die während des Studiums der Sinologie und Englischen Linguistik viele Teile dieser wunderbaren Welt besuchen durfte. Einige Impressionen ferner Kontinente verarbeitet sie ab und an in ihren Texten. Ihre genreübergreifenden Kurzgeschichten rangieren von magisch-gruslig über kriminell-fantastisch bis hin zu zeitgenössisch-belletristisch. Ihr Schreib-Motto: Vertrau dem Zauber des Anfangs, die Erinnerung daran trägt dich bis zum Ende der Story.
Twitter: @ypical_writer

Jessica Yasmin Iser wurde 1991 in Südhessen geboren. Auch heute noch lebt und arbeitet sie dort als Bibliothekarin und Autorin. Ihr Hang zum Obskuren wird auch in ihren Werken deutlich: Sie schreibt Kurzgeschichten und Romane, in denen sich Fantasy, Horror, Gothic Romance oder Science-Fiction miteinander vermischen. Bisher hat sie mehrere Kurzgeschichten veröffentlicht, unter anderem in der Anthologie *Sehnsuchtsfluchten*. Demnächst erscheint ihre Geschichte *Das groteske Tagebuch des Anubis* in der Anthologie *Kemet – Die Götter Ägyptens* des *Art Skript Phantastik Verlags*.

Website: lesekult.blogspot.de

Twitter: @lesekult

Kia Kahawa (geboren 1993) lebt im schönen Hannover, wenn sie nicht gerade auf Reisen ist. Als digitale Nomadin schreibt sie von überall aus an ihren Entwicklungsromanen und Utopien. Wenn Kia nicht gerade schreibt, coacht sie andere Schriftsteller und macht sie dabei beispielsweise für Lesungen fit oder bringt ihnen das Exposé-Schreiben bei. Die Vollzeitschriftstellerin liebt Figuren, die ihre eigenen Widersacher sind. Ihr Debüt *Die Krankheitensammlerin* erschien im Mai 2016 im Selfpublishing. Die Novelle *Hanover's Blind* veröffentlicht sie im September 2018. Ihr Psychiatrie-Roman *Irre sind menschlich* und das Jugendbuch mit dem Arbeitstitel *Zwei Seelen* erscheinen 2019 als Verlagswerke.

Website: kiakahawa.de

Twitter: @KiaKahawa

Magret Kindermann wurde 1988 in einem kleinen Dorf in Hessen geboren. Sie studierte Online Journalismus in Darmstadt und arbeitete als Redakteurin bei einer Technik-Lifestyle-Fernsehsendung, dann als Produzentin bei einer Nachrichtensendung in Berlin. Nun lebt sie in Thüringen und arbeitet als freie Autorin und Lektorin sowie bald beim Radio. Sie interessiert sich für Verhaltensmuster und Emotionen, für leichte Sprache für große Themen und kuriose Menschen. Wenn sie nicht schreibt, schwimmt sie ihre Bahnen oder spielt Theater. *Und dein Leben, dein Leben* ist ihr drittes Buch. Ihr Debüt *Zwei Königinnen* erschien im Februar 2017, es folgte im Sommer die *Tulpologie*.

Website: themagret.com

Twitter: @magretkind

Wolfgang Lamar wurde 1956 in Essen/Ruhr geboren. Seine Jugend roch nach Kohle. Er spielte im Gleisdreieck. Mit der Familie verschlug es ihn an den Niederrhein. Dort arbeitete er als Offsetdrucker. Die Freizeit verbrachte er mit dem Deutschen Kinderhospizverein, Büchern und Rollenspielen. Eines Tages fand seine Frau, er solle in eine Schreibwerkstatt hineinschnuppern. Schreiben spielt in seinem Leben jetzt eine Hauptrolle. Er veröffentlichte einige Kurzgeschichten und arbeitet mit seiner Lektorin an einer Romanveröffentlichung.

Twitter: @LamarEtHenry

Nicole Neubauer studierte Englische Literaturwissenschaft, Publizistik und Jura, bevor sie zehn Jahre als Rechtsanwältin im Bereich der Wirtschaftskriminalität arbeitete. Nunmehr widmet sie sich vollständig ihrem Traumberuf, dem Schreiben. Im Jahr 2015 erschien ihr erster Kriminalroman *Kellerkind*, der es auf Anhieb in die Spiegel-Bestsellerliste schaffte. 2016 folgte der Roman *Moorfeuer*, 2017 *Scherbennacht*, der dritte Band der Reihe um die Münchner Kommissare Waechter und Brandl. Mit der Autorinnenvereinigung *Mörderische Schwestern e.V.* setzt sie sich für die Anerkennung von Schriftstellerinnen im Literaturbetrieb ein.

Website: nicole-neubauer.de

Twitter: @Neubauerin

Julia von Rein-Hrubesch (geboren 1979 in Gera) lebt inzwischen in Ingolstadt. Sowohl als Therapeutin als auch als Autorin ist sie stets auf der Suche nach dem, was uns antreibt: Leidenschaft, Sehnsucht, Angst und Zweifel. Eine Sehnsucht ist es auch, die sie immer schreiben lässt, wobei sie auf kein Genre festgelegt ist. Für sie zählt beim Schreiben dasselbe wie beim Lesen: Was zwischen den Zeilen steht, ist das, worauf es wirklich ankommt. Sie veröffentlichte den Kurzroman *Das Flüstern der Pappeln*, weitere Werke stehen kurz vor der Veröffentlichung.

Website: juliaschreibtblog.wordpress.com

Twitter: @JuliaInNathen

Denny Sachs wurde 1989 in Ost-Thüringen geboren. Er studierte Japanologie in Frankfurt am Main, bevor er für ein Austauschjahr nach Japan kam. Während dieser Zeit absolvierte er ein Praktikum bei der Japanisch-Deutschen Gesellschaft in Tokyo und fand über seinen Nebenjob zu einer Vollzeitanstellung als Social Media Manager in einem deutschen Start-up in Tokyo. Nebenbei ist er bei den *TOKYOmaniacs* aktiv und versorgt seine Follower auf allen Kanälen mit verrückten Geschehnissen aus Japan, die er auch in seinen Werken verarbeitet. *Ein Katzenmittwoch* ist sein schriftstellerisches Debüt.

Website: tokyomaniacs.com

Twitter: @renovalentin

Wiebke Tillenburg, geboren im September 1989, wuchs in Aachen auf und studierte zunächst Germanistik und Geschichte mit Lehramtszusatz, der sie dazu brachte, das Studium vorzeitig zu beenden. Heute lebt sie mit ihrer Familie in Koblenz und widmet sich vorerst ausschließlich dem Schreiben eigener Geschichten. Ihr Debüt *Eselmädchen* erschien im Februar 2018 und war das erste eigenständige Werk nach mehreren Beteiligungen in Anthologien. Unter anderem veröffentlichte Wiebke zwei Kurzgeschichten in *Sehnsuchtsfluchten* und in verschiedenen Anthologien des net-Verlags.

Website: wiebke-tillenburg.de

Twitter: @Gedankenwaelder

Esther Wagner, 1983 geboren, lebt mit ihrem Mann und ihrem Sohn im Saarland. Sie arbeitet als Online-Redakteurin beim Hörfunk und als freiberufliche Illustra-

torin. Zuvor hat sie in Saarbrücken Informationswissen-
schaft und Germanistik studiert und ein Volontariat ab-
solviert. Sie liebt Kunst und gute Geschichten – unab-
hängig vom Medium: Text, Bild, Bewegtbild, Musik oder
Tanz. In ihren Werken erkundet sie fremde Welten und
die menschliche Psyche. Sie schreibt Fantastik, dysto-
pisch bis märchenhaft.
Website: kirana.de
Twitter: @la_kirana

Inhalt

Der Vorgänger von *Nikas Erben*
von den Herausgeberinnen
Nika Sachs und Julia von Rein-Hrubesch:

SEHNSUCHTSFLUCHTEN

ANTHOLOGIE

Wandle durch eine Welt, in der Zweifel, Neid und Angst tiefe Wurzeln in den Boden schlagen, aber auch Liebe, Lust, Freude und Hoffnung erblühen. Blick hinein in Schluchten, in denen Gier und Missgunst lauern. Fliege über Seen, in denen sich die Sehnsucht spiegelt, Trauer, Leid und Tod am schwarzen Grund lauern. Nimm dich in Acht vor prächtigen Blüten, die dich mit Verbotenem locken und dich in Ekstase ertränken wollen.

Fünfzehn Autoren nehmen dich in diesen Geschichten mit auf eine Suche nach Gedanken und Emotionen.

Überall dort erhältlich, wo es Bücher gibt!
ISBN: 978-3740730710